W0208898

JEAN-FRANÇOIS CHABAS

AURÉLIEN MALTE

HACHETTE
Jeunesse

Pour Pascale.

21 janvier 2001

Anne,

Hier j'étais dans la cour de promenade, il faisait beau, je levais la tête vers le soleil, c'était une de ces journées tranquilles où les mecs n'essaient pas de s'entretuer, où on dirait qu'il ne peut pas y avoir d'embrouilles, vous savez, un de ces moments magiques où on a l'impression que l'air nous caresse.

Je courais, comme d'habitude, et même le claquement de mes baskets sur le ciment, même ce bruit-là résonnait avec un je-ne-sais-quoi d'allègre. Pourtant, j'avais un truc dans la tête, vous connaissez ça, comme quand on a un mot, ou le nom de quelqu'un, sur le bout de la langue, qu'on cherche, qu'on est sur le point de trouver, c'est très énervant, n'est-ce pas ?

En rentrant en cellule, j'ai mis le doigt dessus : j'avais trente-six ans, c'était le jour de mon anniversaire. D'habitude, je m'en moque ; je ne pourrais pas vous dire à quand remonte la dernière fois que j'ai fêté quelque chose, quoi que ce soit, anniversaire, Noël, tous ces machins-là, mais hier, j'aurais bien voulu souffler des bougies sur un gâteau que vous m'auriez préparé. Vous savez faire des gâteaux ?

Ce n'est pas brillant, pour une première lettre. Je n'ai pas l'habitude.

À vous,

Aurélien.

22 janvier 2001

Anne,

Je ne vous verrai pas avant quinze jours – si tout va bien – et je trouve le temps long. Hier, je vous parlais de mes petites histoires d'anniversaire, mais c'est de vous que je me préoccupe. Je crains que vous ne veniez plus.

Visiteuse de prison. Qu'est-ce qui vous a pris, de vous lancer dans une pareille aventure ? Et qu'est-ce qui m'a pris, moi, de solliciter des visites ? Vous êtes déjà venue trois fois, et nous ne parlons pas. Ou presque pas. Je n'avais pas adressé la parole à une femme depuis des années, et la première fois que je vous ai vue au parloir je me suis senti à peu près aussi mal qu'une souris devant une vipère.

J'arrête là.

À vous,

Aurélien.

4 février 2001

Anne,

J'ai failli jeter ce cahier, avec les deux lettres que je vous y ai déjà écrites. Parce que tout ça, je ne pourrai jamais vous le faire lire. Mais votre visite m'a fait changer d'avis. Je dois vous écrire. J'en ai besoin. Et tant pis si ces pages ne sont lues par personne.

J'ai remarqué, hier seulement à la visite, que vous aviez les yeux verts. Allez savoir pourquoi, je les imaginais gris. Mais hier, vous étiez assise à la lumière et je vous ai bien vue. Je suis très heureux de ce que vous m'avez dit, le fait que ce n'est pas grave, si nous parlons peu, parce que j'avais peur que mon silence vous fasse fuir. Autant j'arrive à mettre ça sur le papier, autant devant vous, eh bien, je me sens incapable d'aligner deux idées. Je ne peux que vous regarder et ça ne doit pas vous mettre très à l'aise. Il faudra tout de même que je sache un jour pourquoi vous avez demandé à visiter des prisonniers. À votre âge – je suppose que vous avez à peine trente ans – je trouve ça bien étonnant. Et puis votre métier est si prestigieux, il doit vous prendre tant de temps, vous devez rencontrer des tas de gens pas communs. La peinture, ça me fascine, moi qui ne serais pas capable de dessiner une pomme. J'ai hâte que vous me montriez votre travail, comme vous m'avez dit.

Le garçon qui est avec moi en cellule était artiste, lui aussi. Il faisait des courts métrages en vidéo, il paraît que ça marchait bien. Enfin, je n'en sais rien. C'est ce qu'il dit. La prison, c'est le royaume du mensonge, et beaucoup de gars derrière les murs s'inventent des vies fabuleuses, ils vous expliquent que dehors les filles se traînent à leurs pieds, qu'ils ne savent pas quoi faire de leur pognon, ou qu'ils ont une famille qui les adore, et qui attend leur sortie... Mais ici, en centrale, ce sont des longues peines, pour la plupart. Alors ces conneries sur la famille et la fidélité... Tout pourrit avec le temps.

Le gars de ma cellule, je ne vous dirai pas pourquoi on l'a condamné, mais il a pris vingt ans incompressibles. Ça fait deux ans qu'il est enfermé, et il gobe la fiole tous les matins, tous les soirs. Vous savez ce que c'est, la fiole ? Quand les mecs ne tiennent pas, qu'ils deviennent à moitié fous, on leur file un cocktail de calmants. Mais la dose, hein. Alors ils ne sont plus nerveux du tout, ça c'est sûr. Des zombies. Je préfère mourir dix fois, je préfère ne pas dormir des nuits entières, plutôt que d'avaler un seul de ces cachets de merde. Frank – c'est le gamin – il a vingt-deux ans, mais il est foutu. Il ne s'en sortira pas.

J'ai tué un homme. Je ne sais pas si vous le savez. Ça veut dire que j'ai supprimé une vie, ça veut dire aussi que j'ai causé indirectement le malheur de beaucoup de gens parce que, quand on tue quelqu'un, c'est aussi sa mère, ses frères et sœurs, ses amis, sa femme ou ses enfants qu'on blesse. Et c'est irrémédiable.

Je vais vous écrire plus longuement. Mieux. Il faut juste que j'organise mes pensées, parce que tout se bouscule, ça fait tellement longtemps que je suis seul.

À vous,

Aurélien.

8 février 2001

Anne,

Depuis que vous êtes entrée dans ma vie je ne fonctionne plus de la même façon. Ce qui se passe, c'est que ça me perturbe tellement que j'ai même pensé un moment vous demander de ne plus venir. Vous savez que j'ai été condamné à quatorze ans, que j'en ai effectué treize, que je n'ai pas eu de réduction de peine à cause de mon comportement, enfin, qu'il me reste un an à tirer. Cette année sera plus dure que les treize précédentes.

Vous me manquez.

Je ne sais pas quoi faire.

À vous,

Aurélien.

21 février 2001

Anne,

Tout à l'heure vous étiez là, et je me suis encore conduit comme un con. Je n'arrive pas à vous parler. Je n'arrive pas à vous expliquer – enfin, vous étiez là, c'est ce qui compte. Vous savez, j'avais dit à maître Chemarin, mon avocat, que je ne voulais plus vous voir, et c'est lui qui m'a convaincu d'attendre un peu. Il a eu raison. C'est un gros bonhomme de soixante et un ans, qui paraît beaucoup plus, il est tout fripé et jaunâtre, il fume comme une cheminée d'usine, on pourrait goudronner l'autoroute A6 avec ce qu'il se coltine dans les poumons. Il rigole tout le temps.

Ce tailleur vert vous va bien, vous étiez mortellement classe, et puis les cheveux courts, j'aime, même si au début, quand vous êtes entrée, ça m'a fait un peu bizarre. Mais il faut que je m'habitue à penser à Mlle Begia, comme ça, sans ses boucles.

Quinze jours...

À vous,

Aurélien.

23 février 2001

Anne,

Cette nuit j'ai rêvé de mon grand-père. Le père de mon père. Claude Malte. Il était sourcier, ou rhabdomancien. Ce dernier mot, c'est pour faire chic, mais ça veut dire la même chose : c'est-à-dire qu'il avait sa baguette coudée, et qu'il cherchait l'eau pour les gens de la région. Il vivait en montagne, dans un coin où ce n'était pas vraiment la sécheresse, mais quand même, on lui enviait son don, c'était pratique. Maintenant, on ne croit plus à ce genre de truc. Ça fait partie d'un autre âge, comme les rebouteux ou les sorciers, ça fait sourire. Mais je l'ai vu, moi, je l'ai vu, mon grand-père, marcher droit sur un point qu'il a marqué d'un piquet, au milieu d'un pré en alpage, et des techniciens sont venus, après, avec des machines dont je ne saurais vous dire comment elles fonctionnent, mais qui ont confirmé qu'il y avait là une grande nappe phréatique, une masse d'eau souterraine qui devait alimenter des dizaines de sources alentour. Il n'en faisait pas un plat, d'ailleurs, de son don. Pour lui, c'était, je ne sais pas, comme s'il savait grimper aux arbres, ou chanter juste, vous voyez, c'était naturel, pas de la magie du tout.

Un homme très costaud, mon grand-père, avec des poignets noueux, os, muscles et veines compressés sous la peau brune. Il était sourcier, mais il gagnait sa vie comme charpentier. Il a travaillé jusqu'à sa mort. Tout ce que j'ai de bien dans la tête, c'est lui qui me l'a appris. Il m'emmenait sur les chemins, il connaissait tous les noms, ceux des fleurs, des arbres, des animaux, et en regardant une planche il disait c'est du hêtre, du chêne, du sapin, du mélèze, il avait commencé à m'apprendre. Et puis il est mort.

À vous,

Aurélien.

28 février 2001

Anne,

Il pleut aujourd'hui, je regarde ce bout de ciel blanc, et ce déluge qui tombe en cordes serrées, je vous imagine en train de peindre dans votre atelier, il faudra que je vous demande si vous pouvez le faire à la lumière électrique, ou si vous avez besoin du soleil. Je voudrais vous raconter ce qui m'est arrivé il y a deux ou trois ans, bien avant que je vous rencontre.

J'ai trouvé à la bibliothèque un livre sur Botticelli, un de ces grands bouquins avec des photos, et je l'ai emporté en cellule, ça m'a pris comme ça. Avant, quand je pensais à la beauté, c'était toujours la montagne qui me venait à l'esprit, parce que je n'avais jamais rien vu qui puisse se comparer aux neiges roses quand le soleil se couche, ou bleues sous la pleine lune.

Mais là, j'ai pris ce bouquin de Botticelli, et j'ai regardé les images, ces peintures que vous connaissez – je ne vais pas faire le malin à vous en parler, ce serait ridicule – il y avait des toiles, des Vierges à l'enfant avec des visages si doux, et si profonds, et on sentait l'intention de Botticelli, cet homme qui est mort pourtant il y a des centaines d'années ; mais c'est comme s'il avait posé sa main sur mon épaule pour me dire : Regarde comme le monde est beau, regarde comme les femmes sont belles, regarde comme tout peut être paisible. Deux jours après que j'avais emprunté le livre, il y a eu une baston dans les douches, un mec s'est fait charcuter à coups de petite cuiller, je sais, ça fait bizarre comme ça, mais le truc, c'est qu'ils aiguisent le manche d'une cuiller en le frottant sur le béton, sur un barreau, n'importe quoi, jusqu'à ce que ce manche soit aussi tranchant qu'un scalpel. C'est petit, c'est facile à cacher, c'est meurtrier. Vous savez le pourquoi du massacre ? Une histoire de savon volé, ou prêté et pas rendu, oui, une connerie. Mais ici, ce n'est pas pareil, vous ne pouvez pas comparer ça à l'extérieur, ici les haines sont compressées, comprimées, tendues comme des ressorts. Enfin, j'ai assisté à ça, à cette saloperie de boucherie, les ruisseaux de sang qui se mélangeaient à l'eau sale, et le mec qui gueulait, les gardiens l'ont sauvé, mais il n'était pas beau à voir. On nous a tous remis en cellule, vite fait. J'ai pris mon livre de Botticelli, et comme un cachet d'aspirine sur une migraine, toutes ces saletés se sont dissipées, j'ai regardé mes Vierges à l'enfant, et puis les yeux doux de la Vénus, vous savez, celle qu'on voit partout, mais qu'on ne regarde pas comme il faudrait. Et c'est comme ça que j'ai commencé à prendre régulièrement des livres d'art, parce que c'est une grande consolation, et que ça réconcilie avec tout, avec les camés déchirés d'ici, avec ces murs partout, avec le souvenir de ce que j'ai fait et de ce qu'on m'a fait. On se dit que l'homme est aussi capable de réaliser ça, de belles, de si magnifiques choses.

Vous comprenez pourquoi il est si étrange que vous soyez celle que le destin m'a envoyée, parce que vous êtes peintre, justement. Je voudrais bien vous dire ça quand vous venez, mais je n'oserai jamais, je crains le ridicule.

À vous,

Aurélien.

1er mars 2001

Anne,

Aujourd'hui j'ai envie de vous écrire, mais je n'en ai pas la force. Il y a des moments comme ça. Je pense à vous, je pense tellement à vous, vous êtes à l'intérieur de moi et j'ai l'impression que, si j'ouvrais la bouche, en sortirait une brume qui dessinerait dans l'espace, au-dessus de moi, votre silhouette. J'arrête là, avant de me mettre à écrire n'importe quoi.

À vous,

Aurélien.

2 mars 2001

Anne,

Frank vous a vue aujourd'hui et nous avons failli nous battre. Il a remarqué que vous boitiez, et il m'a dit là-dessus un ou deux trucs bien crades. Par exemple, que, si vous étiez absolument valide, jamais vous ne perdriez votre temps avec moi. Le malheur peut rendre méchant, et ce petit connard s'est employé à injecter profond son venin. Je lui ai dit de se taire, il a encore continué un moment avant que je lève la main. C'est dur de choisir le bon comportement, avec un faible qu'il est trop facile de détruire.

Mais ma colère est passée. Oui, vous boitez. Mais pas tant que ça. Et puis est-ce que ça vous enlève une once de beauté ? Non. Mort aux jaloux.

J'ai encore rêvé de mon grand-père et je crois que je sais pourquoi, c'est parce que je vous associe en pensée, lui et vous, parce que vous êtes les seules personnes qui comptent pour moi. Qui aient jamais compté. Et assurément c'est une bonne chose que vous ne lisiez pas ces lignes, parce que vous me prendriez pour un parfait cinglé ; je ne vous connais que depuis deux mois.

Ce n'est pas le fait que vous soyez une femme, même très jolie, ce n'est pas non plus le fait que vous jouiez le rôle d'une bouée, je ne vous vois pas comme ça. Vous êtes humaine, c'est ce qui compte.

Je vais encore vous parler de mon grand-père. Mais pour ça, il faut que je vous explique deux ou trois trucs. Mon père est mort quand j'avais trois ans, j'étais fils unique, et on m'a envoyé vivre chez mon grand-père, à la montagne. Ma mère est restée en ville. Grand-père vivait seul, il avait perdu sa femme très tôt. Je me souviens que j'ai eu très, très froid, le premier hiver. Là-bas, ça peut descendre à moins vingt-cinq. Je suis allé à la maternelle du coin, par la fenêtre on voyait la chaîne, les sommets blancs, même à la belle saison. Grand-père me portait sur son dos, dans un de ces machins en tissu bleu roi à armature métallique, il m'a emmené partout, là où l'air piquait, tellement il était sec ; là où il y a du lichen sur les rochers, du lichen gris-vert, presque blanc en été, et des bouquetins aux cornes épaisses, et au-dessus de nos têtes nous entendions les cris des choucas, et le bruit de leurs ailes qui battent, quand ils descendent près du sol on les entend bien, wooof, wooof, on a du mal à croire que des oiseaux pas si grands puissent déplacer pareilles masses d'air, tant de puissance.

Grand-père avait cet accent traînant, et la voix si grave, il lui manquait une phalange au petit doigt de la main gauche, il avait perdu ça sur une scie circulaire. J'allais en cachette dans son atelier et je me roulais dans les copeaux et la sciure, j'adorais cette odeur.

Je n'ai vu mon grand-père en colère qu'une fois, une seule fois, mais je ne risque pas de l'oublier. Ma mère venait de se remarier, elle avait amené Patrick, mon beau-père, pour des vacances d'une semaine. Ce qui s'est passé ? Je ne sais pas. Un soir, alors qu'on m'avait mis au lit, j'ai entendu la voix de Grand-père qui disait, non, mon petit monsieur, on ne fait pas ce genre de chose, ici. Et Patrick qui répondait sur un ton geignard. Et Grand-père qui disait, ça suffit, avec une autorité incroyable. Je suis allé regarder par la porte entrouverte. Grand-père avait les mains posées à plat sur la table, il fixait Patrick avec des yeux, pas racontables, et mon beau-père, tout rabougri en face, qui ne disait plus rien. Qui avait l'air moche et pâle.

Ma mère et Patrick sont partis le lendemain, alors qu'ils n'étaient là que depuis deux jours. C'était en août 1975, j'avais dix ans. J'ai demandé à Grand-père ce qui s'était passé, mais il ne m'a jamais rien dit.

À vous,

Aurélien.

8 mars 2001

Anne,

Je me suis fait mal à l'épaule en m'entraînant, tout à l'heure. Un claquage du deltoïde. Je vous écris depuis l'infirmerie. C'est que, vous voyez, je ne me résous pas à vieillir, je ne veux pas perdre en force, alors je m'oblige à prendre les mêmes poids que quand j'avais trente ans, mais j'en ai six de plus et les muscles et les tendons protestent. Et puis les haltères d'ici sont plutôt branlants, les disques de fonte mal fixés, l'année dernière je me suis pris un poids de deux kilos sur le front, après ça je ressemblais à un éléphant d'Asie, avec mon énorme bosse.

C'est affligeant, je n'ai même pas besoin de quelqu'un d'autre pour m'estropier : je m'y prends très bien tout seul, un vrai petit masochiste. Demain, je vais jongler avec des boules de pétanque. Qu'est-ce que vous en dites ?

À vous,

Aurélien.

13 mars 2001

Anne,

J'ai pris un livre sur Egon Schiele et je le regarde allongé sur mon lit, à l'infirmerie, où je passe ma dernière journée avant de retourner en cellule. Vous le connaissez ? Schiele ? Sûrement. Un peintre bien bizarre, et qui a fait de la prison.

L'épaule va mieux, mais je ne pourrai pas m'entraîner normalement avant plusieurs semaines. On m'a fait une petite opération, à l'hôpital, pas ici. Pour ça j'ai été escorté et gardé comme si j'étais, j'allais écrire, comme si j'étais un criminel, mais c'est ce que je suis. Il faudra que je trouve le courage de vous parler de ça. De l'écrire, je veux dire. C'est drôle, même si vous ne me lisez pas, j'ai des scrupules à mettre certaines choses sur le papier. Peut-être parce que, quand j'écris, je vous ai tellement dans la tête que c'est tout à fait comme si je m'adressais à vous directement. J'ai à l'esprit jusqu'au grain de votre peau, et vos pupilles qui sont curieuses parce que, même quand il y a peu de lumière, elles ne s'agrandissent pas beaucoup. Ça vous donne un air animal.

Je vous vois dans quatre jours. C'est bien.

À vous,

Aurélien.

18 mars 2001

Je n'arrête pas de regarder votre affiche.

Vous voyez, je suis tellement content que j'en ai oublié de commencer par Anne, comme je fais toujours. Chère Anne, ça fait con, ça fait carte postale de vacances, le style : Chère Mémé, ici il fait beau, j'espère que tu vas bien. À part à maître Chemarin, et quelques machins administratifs, je n'ai écrit à personne depuis plus de dix ans, à personne pour moi, je veux dire. Mais j'ai fait pas mal de lettres pour Frank. Ce gosse est tellement abruti par les cachetons qu'il est incapable d'aligner trois mots, et il tremble comme une feuille. Je lui écris son courrier, je ne vous dirai pas à qui, ni ce qu'il veut que je raconte, c'est, bon, ce n'est pas gai.

Anne, j'admire trop votre aquarelle. Je suis sûr que vous avez fait exprès de me donner celle-là, avec ces bateaux qui font la course, les, comment on appelle les grosses voiles ? Les spinnakers ? gonflés, et surtout l'horizon derrière, avec ces rais de lumière qui traversent les nuages. Vous m'expliquerez peut-être comment vous avez fait pour donner à l'ensemble une telle impression de profondeur. On s'enfonce dans votre aquarelle, comme Alice dans son miroir.

Je l'ai scotchée sous le lit du dessus – nous avons des lits superposés et je me suis installé en bas, parce que dans les débuts j'étais en haut mais je remuais tellement la nuit que je me cassais la gueule sans arrêt, ça faisait des réveils brutaux.

Elle est donc au-dessus de moi, et c'est ce que je verrai en dernier, avant de fermer les yeux. Des munitions pour les rêves à venir.

À vous,

Aurélien.

19 mars 2001

Anne,

Dans ma lettre d'hier je vous parlais de rêve, et

c'est vrai, depuis que vous êtes là, je rêve sans arrêt, enfin, je m'en souviens au réveil, et parfois longtemps après dans la journée. Avant vous, et pendant toutes ces années, rien. Pas même de cauchemar, rien. Je ne me souvenais jamais, même s'il paraît qu'on rêve toutes les nuits, sans quoi, on mourrait, des scientifiques racontent ça.

Ces dernières semaines, Grand-père m'est revenu. Et puis en recevant votre cadeau, et en le collant au-dessus de moi, en le regardant longtemps et en y pensant juste avant de m'endormir, j'ai cru que je pourrais orienter les songes, ça marche parfois, il arrivait que je fasse ça, enfant.

Bon, je me suis endormi, et au début ça a fonctionné, j'étais à bord d'un des bateaux de votre affiche, et ce bateau volait dans le ciel, il n'y avait aucun bruit à part celui du vent et des voiles qui claquaient, j'étais entouré par des gens, sur le bateau, qui connaissaient bien la manœuvre et qui étaient bienveillants ; je me trouvais doublement en sécurité, parce que ces gens menaient le bateau sûrement, et parce qu'ils étaient gentils, ils ne me voulaient pas de mal. Et puis il y en a un qui m'a bousculé, pour courir s'occuper d'une voile, ou je ne sais quoi, et mon ventre m'a fait mal, et j'ai senti la haine m'envahir, je savais que c'était le crapaud qui dansait.

Je me suis réveillé, j'avais envie de hurler, de hurler, de hurler, jusqu'à ce que les murs tombent, et que mon cri, comme le souffle d'une bombe, rase la prison et la ville. Demain, je vous parlerai des crapauds, mais là, je n'ai pas le courage.

À vous,

Aurélien.

21 mars 2001

Anne,

Je n'ai pas pu continuer hier comme je vous l'avais écrit ; je me sentais fatigué, dégoûté de tout et surtout de moi-même. J'ai regardé votre aquarelle jusqu'à m'en fatiguer les yeux. Aujourd'hui, pareil. J'ai tout de même couru en promenade, une demi-heure pas terrible, parce que le choc de mes foulées me faisait mal à l'épaule.

Je vous laisse.

À vous,

Aurélien.

22 mars 2001

Anne,

Il faut que je vous explique la danse du crapaud.

Dans certaines régions du monde, en Afrique je crois, ou en Amérique du Sud, il existe une espèce de crapaud qui s'enterre dans la boue, à la saison sèche. Il y reste sans boire, sans manger, pendant des mois. Des mois, c'est incroyable. Il se ratatine, il se déshydrate et se racornit, mais il ne meurt pas. Il attend juste son heure, celle où l'eau reviendra. Et quand les pluies arrivent, que la boue durcie se dissout, notre crapaud revit, et regonfle, et danse. On le dirait immortel.

Quand vous frappez un enfant sans raison, pendant des années, quand vous lui faites mal alors qu'il n'aspire qu'à la paix, c'est comme si vous lui fourriez de force, au fond de la gorge, un crapaud. Le crapaud de la violence. De la haine pure. Vous le lui enfoncez dans le corps. Le crapaud s'installe dans le ventre de l'enfant, et il est là pour toujours. Ensuite, même si l'enfant est sauvé des violences de celui qui l'a frappé sans raison, le crapaud attend, il attend une provocation, une manifestation d'hostilité, une malveillance, de n'importe qui.

Il recevra cela comme une pluie bienfaisante, il dansera, et l'enfant, ou l'adulte qu'il sera devenu, rendra au centuple ce qu'on lui a fait. Rendu fou par la danse du crapaud.

À vous,

Aurélien.

3 avril 2001

Anne,

Vous voir m'a fait du bien. Vous êtes mon bourreau et ma grâce.

Mon bourreau, parce que vous me faites réfléchir, parce que je retourne sur mon passé et que je revis sans cesse tout ce qui m'a amené ici, en imaginant malgré moi ce qu'il aurait fallu que je fasse pour l'éviter. Ma grâce, parce que vous mettez en avant, par votre seule présence, ce que j'ai de meilleur.

Ce qui m'a manqué le plus, pas seulement ici en centrale, mais depuis que Grand-père est mort, c'est la beauté. J'ai besoin de ça, beauté physique, beauté morale : vous les incarnez pour moi. Vous êtes le diamant dans le tas de charbon.

Je ne vous verrai pas avant un mois, et ce n'est pas tant cela qui m'inquiète, que le fait que vous m'ayez dit partir en vacances avec un ami. Je ne suis pas certain d'avoir pu vous cacher le coup que ça m'a fait, même si c'est grotesque et que je n'ai, bien entendu, aucun droit à la jalousie.

En comptant mon temps de préventive, je n'ai pas touché une femme depuis bientôt quatorze ans. La Crète, maintenant en avril, ça doit être quelque chose. Vous me reviendrez bronzée, n'est-ce pas ?

À vous,

Aurélien.

17 avril 2001

Anne,

Votre lettre est arrivée ce matin. Une lettre, pas une carte postale, je reconnais là votre prévenance. Vous y dessinez ce séjour crétois par des mots, c'est plus beau que toutes les photos. Je ne m'attendais pas à recevoir quelque chose ; j'ai embrassé le papier de l'enveloppe, puis je me suis livré à un vrai cérémonial pour l'ouvrir, et vous lire. Ici, j'ai pillé la bibliothèque, vous le savez, j'avale les livres comme un Pacman ses fantômes, et ce que vous me racontez me fait penser à ces auteurs anglais et américains des années cinquante, qui parlent beaucoup de cette région. Et puis vous me dites de manière détournée que votre ami est sorti avec une fille du coin, je crois que vous êtes bien assez futée pour imaginer le plaisir que ça me fait. Les filles – enfin, c'est le souvenir que j'en garde – sont plutôt fortes au jeu des allusions, et je veux croire que c'est pour vous une façon de me montrer que ce n'est pas votre ami, mais un ami, vous me comprenez. Ce que j'aimerais savoir, mais cela vous me le direz d'autant moins que je préférerais mourir à petit feu plutôt que de vous poser la question, c'est pourquoi vous avez décidé de m'expliquer que vous n'étiez pas avec lui.

Peut-être que je me monte la tête. On pense trop, ici.

En dehors de la paperasse administrative, c'est la première lettre que je reçois depuis, depuis je ne sais plus combien de temps. Si je croyais encore en Dieu, je Lui demanderais de veiller sur vous, mais voilà, je n'y crois plus.

À vous,

Aurélien.

22 avril 2001

Anne,

Une fois encore je me suis fait mal, en voulant recommencer trop tôt à faire des pompes. Je ne supporte pas l'inactivité physique, mais il y a aussi le fait que pas mal de gens ici seraient assez contents de me faire la peau, et même s'ils ont peur de moi, je me demande quelle serait leur réaction s'ils me savaient diminué à ce point-là.

Quand on m'a amené ici, j'étais pire qu'un chien

enragé. Et on m'a collé en cellule avec deux types, un violeur, et un autre qui faisait partie d'une bande qui torturait les vieux pour leur voler leurs économies. Ces fils de pute ont voulu me prendre ma montre, le premier soir, ils me sont tombés dessus ensemble. J'ai cassé le bras du violeur, et l'autre, je l'ai à moitié tué en lui écrasant la trachée d'un coup de poing. Mais ici, c'est le vice et la pourriture, et quand les gardiens sont venus, les deux gars ont dit que je les avais agressés. J'ai fait trois semaines de mitard, c'est comme ça qu'on appelle le cachot, et encore, j'ai eu de la chance, parce que j'aurais pu repasser en jugement et voir ma peine augmentée, mais les gardiens savaient bien que les deux mecs étaient des salopards, et j'ai juste eu droit au mitard. Mais en sortant, quand j'ai retrouvé la cour de promenade avec les autres, il y a quatre copains de l'ami du troisième âge qui m'ont chopé dans un coin, il y en avait un qui avait une antenne d'autoradio, ça n'a l'air de rien ce truc-là, mais c'est meurtrier quand on sait s'en servir, et replié ça ne prend pas de place. Vous me direz qu'il n'y a pas de voiture dans les cellules, mais vous seriez surprise de ce qu'on trouve en prison, alors que ça n'aurait rien à y faire.

La cicatrice qui me coupe le nez en deux, c'est ça, l'antenne d'autoradio.

Contre quatre types, dont un armé, on a beau être entraîné et méchant, on ne s'en sort pas. Ce n'est pas comme dans les films. Ces films sur la prison, c'est vraiment de la merde, parce que ça donne de tout ça une espèce de vision romanesque, ça laisse croire aux gamins qu'avec de la noblesse et en boxant comme sur un ring pour se faire respecter du méchant (le méchant, il est toujours débile et toujours puni, mais ce n'est pas exactement comme ça que ça se passe dans la réalité, il y a des méchants très malins, très forts et très patients, parce que l'absence de tout sens moral, de toute conscience, c'est un grand avantage, ici), bref, ces films font croire qu'en étant une espèce de héros de western on est tranquille, et c'est trop crétin, ça ne dissuade pas du tout, ça ne montre pas la haine, la fourberie, et puis toute la misère, les camés qui crèvent du sida dans la solitude, l'angoisse, le bruit tout le temps, même la nuit, les boutons sur la figure et dans le dos, les dents qui font mal à cause de l'alimentation et du délabrement psychologique, et le fait que, bon, il faut bien l'admettre, il y a quand même beaucoup plus de connards concentrés derrière les murs que dehors.

Mais je vous disais que je m'étais fait sauter dessus par ces quatre types. J'en ai séché un, et les trois autres m'ont allumé, ils m'ont laissé pour mort. J'ai fait un mois d'hôpital pénitentiaire, je suis resté sourd d'une oreille, mais je m'en suis sorti. Encore plus enragé. Je vous passe les détails, parce que tout ça a duré longtemps, et qu'il a fallu ruser avec les gardiens, et mentir, parce qu'ici on est obligé de mentir.

Bon, j'ai ensuite fait en sorte d'être tranquille. Je préfère ne pas vous en dire plus.

Ici, on ne peut pas se permettre d'être faible, et il faut avoir des yeux dans le dos. Ou on rampe, ou on se bat. Je dois récupérer ma forme. Vite.

À vous,

Aurélien.

23 avril 2001

Anne,

J'ai relu ce que je vous ai écrit hier, et j'ai eu peur, comme si ces lignes devaient vous dégoûter de moi, vous faire tourner le dos. C'est bête, puisque vous ne me lisez pas.

À vous,

Aurélien.

27 avril 2001

Anne,

Grand soleil tout à l'heure. En courant, j'ai

fermé les yeux – je connais le nombre précis des foulées délimitant cette saloperie de cour, onze foulées en largeur, vingt-trois en longueur –, j'ai fermé les yeux et j'ai rempli ma tête d'un bruit de vent marin, mes narines d'une odeur iodée, pour être avec vous. J'ai pensé tout à coup que vous ne pourriez pas courir à côté de moi. J'ai pensé ensuite que je vous porterais. Et puis je me suis dit que vous n'étiez pas le genre de fille à aimer être portée...

Vous me manquez terriblement.

À vous,

Aurélien.

5 mai 2001

Anne,

Vous m'avez apporté avec vous, dans votre sillage, ou plutôt, non, comme un halo de lumière et de chaleur autour d'une flamme, tant de choses. Nous avons pu parler plus que d'habitude, parce que la Crète, c'est un terrain neutre, c'est moins douloureux que si nous discutons de nos vies respectives. En fait, c'est vous surtout qui avez parlé, mais je vous aurais écoutée des heures durant. C'est cette rencontre détendue, la première depuis que nous nous connaissons, qui m'a donné le courage de vous demander pourquoi vous étiez visiteuse de prison ; je ne m'attendais pas à votre réponse. À dire vrai, je pensais à un deuil. C'est un sujet qui a tendance à m'obséder depuis la mort de Grand-père même si c'était il y a vingt-quatre ans déjà, vingt-quatre, je n'arrive pas à y croire, j'ai l'impression que ça s'est passé hier. Mais j'ai remarqué que, lorsque les gens perdent un proche, il arrive qu'ils se tournent vers ce qu'on appelle maintenant l'humanitaire, ils sont tellement perdus et ils souffrent tant qu'ils désirent ainsi, je suppose, donner un sens à leur existence, en aidant les autres. Peut-être parce qu'au fond d'eux-mêmes ils ont l'impression de n'avoir pas été assez présents pour celui qui est mort, de ne pas lui avoir assez montré leur amour, et qu'en se donnant à ceux qui sont encore vivants, c'est comme un rachat. Je ne sais pas.

Et vous, c'est à la suite d'une déception sentimentale. Vous avez lu une lettre de prisonnier dans un quotidien et ça vous a donné l'idée des visites.

C'est bizarre, on rigole des chagrins d'amour, ça fait ricaner, sans doute parce qu'on s'en remet, le plus souvent, mais il doit y avoir des cas où on n'y survit pas. Je suis encore une fois jaloux, jaloux de l'homme qui a eu tant d'emprise sur vous, et qui en a, qui sait, encore aujourd'hui.

Prenez soin de vous. Je voudrais pouvoir le faire,

mais je suis ici, vous êtes là-bas. Il y a des murs entre nous, et ils ne sont pas faits que de pierre.

À vous,

Aurélien.

9 mai 2001

Très gros coup de cafard.

Anne, parfois je voudrais retourner en arrière, et ne vous avoir jamais rencontrée. Tout était plus simple avant, plus gris, un poison mortel, ces jours, ces semaines, ces mois et ces années qui passaient, mais un poison qui me tuait sans que je m'en rende vraiment compte, à part quelques moments de désespoir, et les secondes coulaient comme de l'eau, les mêmes, la routine. Je suis effrayé par tout, par vous, par moi-même, par la liberté qui viendra à la fin de l'année et qui me terrifie parce que le monde extérieur m'est devenu tout à fait étranger. Vous savez que, depuis quatre mois que vous êtes apparue dans ma vie, je ne vous ai jamais touchée ? Même pas effleuré votre peau et vos cheveux.

Et puis il y a des chances pour que vous n'ayez plus envie de me voir quand je serai dehors, et je ne pourrais pas vous donner tort, mais c'est pour moi une autre raison de ne pas sortir. Je ne veux vous perdre à aucun prix, vous m'êtes plus chère que toutes les libertés. Sans vous, qu'est-ce que vous voulez que je fasse ?

À vous,

Aurélien.

14 mai 2001

Anne,

Est-ce que vous connaissez Nietzsche ? Il dit que ce qui ne nous tue pas nous rend plus forts. Et cette phrase, je viens de la retrouver dans les *Carnets* d'Albert Camus, il la cite plusieurs fois. J'en suis heureux, parce que c'est ma règle de vie, et Camus, que j'adore, semble en faire lui aussi sa devise d'élection.

Ce qui ne te tue pas te rend plus fort.

Je rejette le pessimisme de ma lettre précédente et je remercie le destin de votre présence.

À vous,

Aurélien.

21 mai 2001

Anne,

Ça ne fait qu'une dizaine de fois que nous nous

voyons, j'ai calculé ça tout à l'heure, juste après votre visite. C'est très peu, et de votre part cela doit signifier que, enfin, je suis en train de m'embrouiller, je veux juste dire que vous êtes probablement beaucoup plus importante pour moi que je ne le suis pour vous. J'ai réfléchi, pour savoir si le fait que je suis enfermé a quelque chose à voir avec ça, et non, non.

Vous avez une famille qui vous aime, vous avez l'air d'être très proche de vos parents et de vos frères et sœurs – nombreux ! Combien, déjà ? Six ? Sept ? J'ai oublié. Vous avez des amis, aussi. Moi, j'ai encore ma mère, mais je ne l'ai ni vue, ni lue, ni entendue depuis treize ans. Elle pourrait aussi bien être morte. Quant aux copains... la prison use tout, ils se sont dissous avec le temps.

Alors, vous seriez si importante pour moi à cause de ma solitude ? Ce n'est pas encore ça. Vous êtes importante parce que vous êtes tout ce que j'ai toujours attendu d'une femme. Je me dis souvent que, si je vous avais rencontrée avant, avant de me retrouver ici, vous m'auriez guéri, juste en posant votre main sur la mienne. Mais même cela, ce n'est pas sûr. J'étais trop fou, trop violent je le crains, pour que vous ayez pu faire quelque chose contre ce crapaud de merde.

À vous,

Aurélien.

23 mai 2001

Anne,

Il règne une atmosphère artistique dans la cellule. Cet abruti de Frank a décidé de se faire des tatouages, à la main, et je vous jure que c'est cauchemardesque. Je vous ai déjà dit, je crois, qu'il tremble comme un sucrier en folie, à cause de ses cachets. Alors je vous laisse imaginer le tableau.

Il a fait une vraie crise quand j'ai voulu lui arracher l'aiguille et les flacons d'encre de Chine (oui, les flacons, il y en a plusieurs, parce qu'en plus il fait ça en couleurs...), une vraie crise, il trépignait, il devenait rouge, pire qu'un homard en pleine cuisson et il aurait fallu l'assommer pour lui enlever ses trucs, alors je l'ai laissé tranquille. J'ai tout de même obtenu qu'il limite ses activités picturales à ses deux jambes, il ne se massacrera pas les bras, les mains ou le torse. Ou le cou ! Il voulait se faire une toile d'araignée dans le cou, il trouve que ça fait *killer*. C'est son expression. *Killer*.

À l'heure où je vous écris, il y a une tortue marine verte, noire et rouge sur son mollet droit – bon, il dit que c'est une tortue, mais on dirait un basset qui a trop bouffé – et un serpent aux allures de spaghetti sur sa cuisse gauche. Heureusement qu'avec un pantalon par-dessus on n'y verra plus rien. Et puis, je le dis sans cynisme, ce pauvre couillon n'est pas près d'aller faire un tour en maillot à la plage, alors quelle importance ? Ce gosse n'a rien à faire ici, c'est à l'hôpital qu'il devrait être. On dirait une espèce de moineau mazouté. Jusqu'à présent, j'ai réussi à lui éviter des ennuis, mais qui sait ce qui lui arrivera quand je serai sorti.

À vous,

Aurélien.

27 mai 2001

Anne,

Cette fois j'ai rêvé de vous ensemble, Grand-père et vous. Mlle Anne Begia et M. Claude Malte. C'était superbe. Je viens de me réveiller, je suis encore sous le charme, je vais y penser très fort pour que ça se dissipe moins vite.

Quand j'avais dix ans, il y a eu un mariage en montagne, mon grand-père et moi avons été invités, l'adjoint au maire et le curé avaient accepté que ça se déroule dans les alpages, et c'était au printemps, il y avait une immense étendue tapissée de fleurs de pissenlits, jaune vif, et juste à côté une nappe de fleurs bleues, la chaîne des neiges éternelles autour, et la mariée avec sa robe de princesse, tout le monde bien habillé, trois musiciens, un guitariste, un contrebassiste et un trompettiste, qui jouaient appuyés sur une souche énorme.

Le souvenir le plus féerique de ma vie.

Dans mon rêve, je vous ai vue, vous étiez là, au bras de Grand-père, et moi j'étais enfant, mais vous aviez l'âge que vous avez maintenant. Vous portiez ce tailleur vert, celui d'il y a quelques mois pour votre visite. Je m'approchais de vous, et chacun de mes pas me faisait grandir, si bien qu'arrivé à vos côtés j'étais adulte ; Grand-père devait lever haut la main pour la poser sur mon épaule. Lui et moi nous tournions vers vous pour vous regarder. Vous vous lanciez dans un pas de danse, comme pour me démontrer : Tout va bien Aurélien, regardez, tout va si bien que je vais jusqu'à marcher normalement. Tout est léger.

Je me suis réveillé.

Frank dort encore, la fiole le fait ronfler ; au début, ça me rendait dingue, c'est déjà assez difficile de dormir ici. Je ne m'y suis pas habitué, mais qu'est-ce que vous voulez y faire ? Je ne vais pas lui coller de l'adhésif sur la bouche.

En juin 1977 Grand-père est mort. J'étais avec lui. J'avais douze ans. Nous étions partis au petit matin, pour faire une balade au col de l'Enclume. Ce n'est pas une marche très facile en été, mais à la sortie du printemps, quand il y a encore de la neige, c'est carrément crevant. Mais j'étais bien entraîné, et mon grand-père avait envie que nous fassions une bavante, comme il disait.

Nous avons laissé la voiture dans le bas de la vallée, il faisait très froid parce que le ciel était découvert. Grand-père se frottait les mains, il était heureux, jamais je ne l'ai vu aussi joyeux et léger qu'en montagne, c'était comme si la nature avait fait glisser les années de ses épaules, comme une couverture qui tombe, et il redevenait un jeune homme, même sa voix s'éclaircissait.

Va faire monstre beau, ça va ramollir la chnée, il a dit.

La chnée, c'est la neige, là-bas.

Quand il souriait, ça se plissait autour de ses yeux, des crevasses très profondes comme on en voit sur le visage des Indiens Hopi, alors on pourrait croire que cette figure est faite de bois, ou de cuir très épais.

Grand-père marchait lentement, il était régulier et puissant comme un tracteur, ça le faisait marrer, les gamins qui le dépassaient en fonçant, parce que la plupart du temps il les rattrapait deux heures plus tard, quand ils étaient violets, avec la langue sur les chaussures et que lui pétait la forme.

Il portait des knickers, souvent, même en hiver. Il avait de ces mollets énormes et je me disais que je serais comme lui, un jour, mais si je suis devenu balèze, je ne suis pas comme Grand-père pour autant.

C'est difficile à expliquer, mais vous comprendrez peut-être, les gars comme mon grand-père, ces espèces de physiques super-épais, compacts, trapus, mais souples en même temps, on dirait que ça n'existe plus. Que ce sont des corps d'un autre temps, d'une autre époque, des dinosaures.

Des gars qui imposent le respect autant par leur masse que par leur attitude. Les rois de la mer et de la montagne, parce qu'on trouve des hommes comme ça chez les vieux marins, aussi. Oui, une espèce de noblesse, les Anglo-Saxons ont une expression pour ces gens, ils disent : *slow hands, he is slow hands*, il a les mains lentes. Les mains lentes, c'est bien vu, n'est-ce pas ? On comprend.

Je marchais devant Grand-père, sur le chemin du col de l'Enclume, d'ailleurs depuis que j'avais dix ans je marchais devant lui, mais sans illusion, je savais qu'il m'accordait ça, c'est tout. J'ouvrais la marche ce matin-là, mais les névés étaient beaucoup plus fréquents, larges et profonds que nous ne l'avions prévu, et Grand-père n'aimait pas ça. Il m'a dit, on n'est pas équipés, ce n'est pas prudent, si ça continue, on redescend.

Bon sang, on avait déjà marché trois bonnes heures, alors ça ne me plaisait pas du tout, l'idée d'avoir peiné pour rien. Je l'ai dit à Grand-père, comme un petit con, vous pouvez imaginer, allez, Grand-père, allez, on fera attention, allez, et il a cédé, il m'a juste demandé de passer derrière. Nous avons mis nos lunettes de soleil, bon, attendez, il faut que je vous laisse.

Je vous reviens, j'ai dû m'occuper de Frank. Parfois il faut lui parler longtemps, pour l'apaiser, je lui raconte des histoires, je lui lis des trucs. Il est en train de perdre la tête, chaque jour il est en plus mauvais état. Je vous l'ai déjà écrit, je crois, je n'en suis pas sûr parce qu'en plus de ces lettres je vous parle dans ma tête toute la journée, mais oui, en regardant en arrière dans le cahier je vois que je vous l'ai écrit, ce gosse n'a rien à faire dans une cellule de centrale. Il devrait être à l'hôpital psychiatrique, ne serait-ce qu'à cause de ce qu'il a fait pour qu'on l'enferme. C'est dingue d'imaginer qu'il y a eu des magistrats et des médecins assez cons pour décider de l'envoyer ici. Un enfant de huit ans verrait qu'il est frappadingue. Je vous avoue que, dans les premiers temps, je ne dormais que d'un œil, j'avais peur qu'il me fasse la peau pendant la nuit.

On ne choisit pas ses codétenus. En préventive, j'étais enfermé avec un ancien gendarme, un gars qui avait l'air gentil, vous voyez, le père de famille un peu rondouillard, aux bonnes joues rouges, un obsédé de la belote, il me racontait aussi ses parties de pêche dans les lacs. Il disait qu'on l'avait arrêté parce qu'il avait volé une caisse de retraite de la gendarmerie, tu parles. J'ai appris après coup qu'il était là pour viol de mineurs. On les met souvent à l'isolement, ou dans des quartiers spéciaux, parce qu'en prison, ils passent de sales moments, mais là, celui-là, il était dans ma cellule, allez savoir pourquoi. C'est vous dire qui on côtoie, putain.

Je sais que je suis un meurtrier, mais ce n'est pas pareil. Je ne suis pas comme ces gens, pas comme ce gendarme, en tout cas. Je vous écrirai pourquoi. Je vous dirai. Ce n'est pas que je veuille m'absoudre et juger les autres, mais non, je ne suis pas comme ça.

Je continue mon histoire. Nous avons mis nos lunettes de soleil parce que ça commençait à taper et qu'il faut se méfier de la réverbération, et mon grand-père m'a mis de la crème sur le nez, qu'est-ce que je détestais ça, ce truc blanc gluant, mais il était inflexible.

Nous sommes arrivés dans une pente qui, même exposée plein sud, était encore très enneigée, un versant abrupt, et là encore Grand-père m'a dit, mon garçon, nous ne sommes pas prudents, et il avait raison, la neige en fondant et gelant, et refondant et regelant, avec les couches successives et le vent, et tout, ça devient une surface absolument imprévisible, mais une fois de plus j'ai chougné comme un morveux, et Grand-père a soupiré et il m'a dit, tu bouges pas, je vais voir ça.

Il n'avait pas fait dix mètres qu'il est parti sur la

plaque à vent. Deux heures plus tard, la neige aurait été assez amollie pour qu'il puisse s'arrêter, mais ça avait gelé fort cette nuit-là et c'était lisse et dur comme du marbre sous la première couche friable.

Je l'ai vu partir sous mes yeux, Anne, avec cette plaque de neige, il a juste grogné, merde, et il prenait déjà de la vitesse dans la pente. Je n'ai pas eu peur tout de suite, je me souviens que j'ai même souri, c'est rigolo, quelqu'un qui tombe, mais c'était un vrai couloir à pic, vers lequel glissait Grand-père, et quand j'ai compris, j'ai crié, avant de sentir une boule qui remontait du ventre pour me bloquer la gorge.

Grand-père a disparu dans le couloir.

Je suis resté là tout seul, il n'y avait pas un bruit, rien, pas de vent, pas d'oiseau dans le ciel, juste moi, au bord du grand névé. Je ne pourrais pas vous dire combien de temps ça a pris avant que je me secoue.

Bon, dans mon idée c'était sûr, Grand-père n'était pas mort, il était juste coincé là en dessous, le truc c'était d'aller le chercher.

J'en ai assez d'écrire, Anne, j'ai mal à la main et Frank continue à déconner. Je terminerai demain.

À vous,

Aurélien.

28 mai 2001

Anne,

Je vais laisser tomber ces lettres, et surtout je vais demander que vous arrêtiez vos visites. Tout ça me rend malade. J'étais tranquille, avant. Je ne veux pas de vous, et de ce que vous remuez en moi, et j'ai l'impression d'être au cœur d'une tempête, je suis comme un bouchon sur des vagues, ça me donne envie de dégueuler.

Je veux être seul.

Aurélien.

4 juin 2001

Anne,

Qu'est-ce que j'ai failli faire, encore ? La solitude rend paranoïaque, on ne se contente pas d'être enfermé physiquement, on s'enferme mentalement, on en vient à désirer être en tête à tête avec soi-même pour éviter d'être blessé, mais vous connaissez le proverbe : Un homme seul est en mauvaise compagnie. La présence de Frank ne fait qu'accentuer cette solitude, parce qu'il est impossible de communiquer normalement avec lui, lui qui, justement, est allé au bout de cet isolement, parce que la folie, je crois que c'est ça avant tout, se retrouver seul dans sa tête, s'être tant affranchi du monde et des lois communes qu'on ne peut plus vivre en compagnie.

Quelque chose m'a retenu, au moment où j'allais demander à ne plus vous voir, et je remercie ce quelque chose, quel qu'il soit. J'ai été si heureux de votre visite, de retrouver vos yeux animaux, votre peau déjà redevenue blanche, et vos poignets avec l'os un peu saillant, je l'avais déjà remarqué. On aurait dit que vous aviez senti ce qui s'est passé dans ma tête ces derniers jours, vous étiez plus chaleureuse que jamais.

Votre petit portrait de mémoire est extraordinaire, ce n'est pas tant qu'il me ressemble, c'est mieux que ça, vous avez saisi l'intérieur, plutôt que mes traits purement physiques.

Prenez soin de vous, Anne.

À vous,

Aurélien

5 juin 2001

En fait, il n'y avait qu'une chose à faire, c'était un demi-tour, et rejoindre la vallée pour prévenir quelqu'un, mais je n'y ai même pas pensé, je ne pouvais pas laisser Grand-père tout seul, il était peut-être blessé, ou quoi, il avait besoin de moi. J'ai hurlé dix minutes durant, en attendant qu'il me réponde, et puis comme rien ne se passait, j'ai longé le névé en empruntant les parties non enneigées de la pente, mais il n'y en avait pas beaucoup et au bout d'un moment je me suis risqué sur le blanc, et je ne suis pas parti sur une plaque à neige, moi, mais j'ai glissé.

On n'a pas voulu de moi, en enfer ou au paradis, parce que j'ai rencontré dans ma chute un arbuste qui dépassait de la neige, et qui m'a cassé trois côtes mais ça m'a arrêté net. Je me suis évanoui, là encore je ne sais pas combien de temps ça a duré, et quand je me suis réveillé j'ai vu Grand-père, coincé contre la barre rocheuse, une cinquantaine de mètres plus bas. J'ai été tellement soulagé.

Grand-père, Grand-père, je gueulais, nous nous étions retrouvés, juste un mauvais moment qui serait vite oublié. Il n'a pas répondu, ni fait le moindre signe. J'ai bougé, et là je l'ai senti passer, parce que je ne sais pas s'il vous est arrivé de respirer avec des côtes cassées, mais on déguste. J'avais un but, pourtant, mon grand-père, et je me suis dégagé de l'arbre, et j'ai commencé à glisser sur les fesses pour le rejoindre, mais je suis à nouveau parti dans la pente qui était beaucoup trop raide.

C'est Grand-père qui m'a sauvé la vie, je lui suis rentré dedans. Si ç'avait été le rocher, j'aurais encore bien morflé. Son dos a amorti le choc, mais je suis tout de même retombé dans les vapes, à cause de mes côtes. À mon deuxième réveil, il y avait un choucas perché sur la rocaille, juste à côté de nous. Ça l'a plutôt surpris de me voir bouger, il s'est envolé avec un grincement déçu.

Ce que j'ai vu ensuite, c'est la petite flaque rouge sous la tête de Grand-père qui me tournait le dos, je l'ai tiré par l'épaule et il n'avait plus de visage, il avait dû cogner de plein fouet dans le rocher.

Vous dire combien de temps je suis resté là, en me répétant qu'en fermant les yeux assez longtemps et en respirant à fond, en faisant appel au Dieu de Grand-père, tout allait redevenir tranquille, que Grand-père se lèverait et que nous descendrions pour manger des raclettes dans la vallée, et Grand-père me donnerait un peu de vin blanc, vous dire combien de temps, je ne peux pas. Mais le soleil déclinait et le froid arrivait, et je savais que si je restais là, je mourrais, parce que la montagne s'en fout, des souffrances, des joies et des petites contingences humaines, elle applique sa loi à tout le monde. Je crèverais de froid à côté du cadavre de Grand-père.

J'ai pensé rester là. Et puis je me suis dit que Grand-père n'aimerait pas ça, qu'il n'aimerait pas ça du tout, même, et que c'était une très mauvaise idée, alors je me suis secoué. Je ne pouvais pas me tenir droit, mes côtes me faisaient trop mal, et je me déplaçais courbé en deux comme un petit vieux. J'ai commencé par regarder autour de nous, j'ai vu immédiatement que c'était mal engagé ; il y avait une cascade sur la droite, un pierrier presque à pic à gauche et, en dessous de Grand-père et moi, une barre rocheuse de trente ou quarante mètres de haut. Au-dessus, le couloir que nous avions dévalé, beaucoup trop raide pour essayer de le remonter.

Le choix n'était pas bien difficile à faire, puisque la cascade ou le pierrier, ça relevait du pur suicide. La seule issue, c'était la barre rocheuse.

J'ai fouillé les poches de Grand-père et j'ai pris l'Opinel et la pelote de ficelle, et aussi la vieille carte d'identité toute déchirée et froissée, qu'il gardait sur lui pour que, si nous franchissions la frontière suisse, ou italienne, pour une course, les douaniers ne l'emmerdent pas. Grand-père n'aimait pas beaucoup les uniformes. J'ai pris tout ça, que j'ai fourré dans mes poches à moi, et aussi la gourde que j'ai mise dans mon sac à dos, et j'ai mangé le chocolat que j'avais emporté pour le déguster en vainqueur à l'arrivée au col de l'Enclume. Après j'ai dit au revoir à Grand-père.

La barre, elle partait en surplomb, tout de suite en dessous de nous, une vraie merde. Je n'avais aucun équipement, pas de pit, évidemment, pas de corde, rien que des chaussures à semelles Vibram. Je me suis engagé là-dedans, en m'efforçant de retenir ma respiration dans les mouvements délicats.

Je ne peux pas vous décrire ma désescalade, d'abord parce que mes souvenirs sont confus, ensuite parce que je n'écris pas assez bien pour vous transmettre ce que j'ai vécu dans ce merdier. J'ai failli me tuer cinq ou six fois, je m'arrêtais dos à la paroi dès que j'avais trouvé une marche suffisante, je massais mes cuisses et mes mollets qui se tétanisaient, et je repartais.

J'ai retrouvé un chemin au moment où la nuit tombait pour de bon, et je suis descendu dans la vallée en plissant les yeux pour y voir encore un peu, le croissant de lune était mince dans le ciel, il laissait leur place aux étoiles, je trébuchais sur les pierres et les racines. En continuant de marcher comme ça, courbé en deux, j'ai atteint le premier village, et j'aurais dû demander de l'aide tout de suite, mais non, j'avais mon idée, je suis allé jusqu'à la chapelle qui était fermée, alors j'ai encore marché deux kilomètres jusqu'au village suivant et sur la route j'ai croisé un copain à vélo, Sylvain, il s'appelait, un gars avec des cheveux longs, qui jouait du violon pas mal, je crois, aux dernières nouvelles il était aspirant-guide, mais ça date de plus de quinze ans.

Il est passé en vélo et il m'a crié quelque chose en rigolant, parce qu'il croyait que je faisais le con pour lui, à marcher comme ça.

Arrivé au village suivant, l'église était ouverte, et j'ai mis un cierge à brûler, le plus gros que j'ai trouvé, devant la statue de Bernard de Menthon, le saint patron des gens de montagne. Je me suis endormi, et c'est là que le curé m'a trouvé.

À vous,

Aurélien.

9 juin 2001

Anne,

Ils se sont enfin décidés à s'occuper de Frank. Il y en a qui disent qu'on juge le degré de civilisation d'une société à la façon dont on y traite les prisonniers.

Les gens, ceux du dehors je veux dire, ne comprennent pas qu'il est bien suffisant d'être privé de liberté sans qu'il faille en plus être considérés comme des chiens.

Ça faisait quand même des mois que j'avais parlé au toubib, à l'infirmerie, du comportement de Frank, et il a fallu que ce môme fasse une tentative de suicide pour qu'on s'inquiète enfin de lui. Je me suis réveillé la nuit dernière, alors qu'il s'était pendu au montant du lit avec un morceau de tissu. Ça peut sembler extravagant, mais pour ceux qui veulent mourir, tous les moyens sont bons, et dans beaucoup de cas, ça marche. J'ai réussi à le dégager, mais j'ai été obligé de l'assommer tellement il m'en voulait, il essayait de me griffer le visage avec ses ongles, il débloquait à fond les manettes – il faut croire que la fiole ce n'est pas toujours suffisant, on dit que dans certains cas ça peut bousiller la chimie du cerveau, et j'ai appelé les gardiens.

On l'a emmené à l'infirmerie, je pense que cette fois ils vont reconsidérer son cas, parce qu'un suicide, ce n'est jamais très bon pour l'image d'une prison. Me voilà seul en cellule, et c'est une sensation mélangée, parce que, si la présence permanente du gosse m'était pénible, ce n'est pas non plus facile d'être seul.

À vous,

Aurélien.

11 juin 2001

Anne,

Je n'aurai pas eu à attendre longtemps : on m'a collé un nouveau compagnon. Il crève de peur, il en est d'autant plus agressif. Un des trucs à comprendre très vite dans des lieux comme celui-ci, c'est qu'il ne faut pas offrir d'entrée un visage amène, et faire des ronds de jambe, sous peine d'avoir rapidement des ennuis. Il ne faut pas avoir l'air trop gentil. Mais il ne faut pas non plus agir comme le fait cet abruti, qui joue les terreurs et se hérisse comme un chat en colère dès qu'on le regarde. Il y en a que ça énerve vite.

Ici, en fait, on perd toute spontanéité. Il faut calculer, avoir des yeux dans le dos, être prêt à tout, tout le temps. Pour être tranquille d'emblée, il y a certaines possibilités : avoir une carrure énorme, ça aide. Ce n'est pas toujours suffisant, vous savez qu'il y a des armes qui circulent, et puis ce n'est pas forcé du tout qu'on vous attaque de face, et un coup de lame dans le dos, vous avez beau être un mastard, vous vous le prenez.

Se donner des allures de psychopathe incontrôlable, ça peut fonctionner aussi, mais il y en a un paquet qui deviennent barges, à force de faire semblant.

Être un caïd avec sa cour de larbins, et un casier épais comme l'annuaire de Bombay, c'est encore la meilleure protection, mais rien n'est sûr, en prison. Vous prenez une masse de types violents, souvent dérangés ou pas nets, de junkies sevrés de dope, de désespérés, de brutes débiles, de pervers, de truands professionnels, vous y ajoutez une pincée de notaires qui ont tué leur femme, un soupçon de médecins véreux et quelques innocents, vous entassez tout ça derrière des barreaux, dans une promiscuité permanente, et voilà...

Le petit nouveau s'appelle Henri. Avant même qu'il soit dans ma cellule, j'ai appris – on peut parfois être vite renseigné, ici – qu'il a été chopé pour conduite en état d'ivresse et a blessé un gendarme en lui roulant dessus dans une tentative de fuite. Il est plombier, ou électricien, un machin dans ce genre.

À l'heure où je vous parle, il est en train de se ronger les ongles, mais si je le fixe, disons, dix secondes, il va reprendre son cirque de dur à cuire. On dirait Gabin dans un de ces vieux films, vous voyez ? Il doit avoir entre quarante-cinq et cinquante ans, avec un bon gros bide et le nez rond. Dans deux jours, quand il verra que je lui fous la paix, vous verrez, il me montrera les photos de sa femme et de ses gosses. Je ne suis pas méprisant, Anne, ne croyez pas ça, mais ça fait treize ans que je suis là et il aurait fallu que je sois un pur taré pour ne pas y avoir appris un peu. La prison, c'est une épreuve, une vraie merde, un des pires trucs qui puissent vous arriver si vous avez pris une longue peine.

Et une épreuve, c'est encore une des meilleures façons de juger le caractère d'un homme. On ne révèle pas son vrai visage quand tout va bien autour de nous, quand on rigole au soleil, les orteils en éventail, quand on est entouré, aimé. C'est dans une situation horrible, dans un accident ou, encore mieux, face à une souffrance de longue durée, qu'on montre qui l'on est, à soi-même, et aux autres.

Je vais calmer ce type dans les jours qui viennent, et essayer de lui expliquer comment cantiner, comment ne pas se faire péter la tête et voler ses affaires, enfin toutes les règles officielles et officieuses qui régissent notre paradis. Ne pas offenser les gardiens, ne pas déranger les détenus, un vrai boulot à plein temps, hein ?

De ma part, ce n'est pas uniquement de la philanthropie, vous savez. C'est que j'ai envie d'avoir la paix.

Vous me manquez, Anne. Vivement le 20.

À vous,

Aurélien.

17 juin 2001

Anne,

Au secours ! Le plombier parle sans s'arrêter, une véritable diarrhée verbale, la gastro-entérite de la tchatche. Je pourrais déjà écrire sa biographie en douze volumes. Il en est à me raconter les aventures fiscales de sa fille, qui tient une bijouterie à Poitiers, vous m'en direz tant, et les scandaleuses infidélités conjugales de sa bru, qui travaille dans l'élevage de poulets. Qu'est-ce qu'on rigole.

Il y a quelques mois, je l'aurais envoyé aux pelotes, mais depuis que vous êtes là, je suis un vrai agneau. Je le laisse se tarir...

À vous,

Aurélien.

20 juin 2001

Anne,

Comme ça, ça vous fait sourire, quand je vous dis que vous ressemblez à mon grand-père ? C'est qu'à force de vous écrire, j'ai l'impression que je vous ai dit tout ça en face, alors qu'il n'en est rien. Et quand j'ai ajouté qu'il était barbu, là, vous avez éclaté de rire, ça, ça m'a touché au ventre comme une lame, votre rire net, c'est une des choses qui me manquent le plus à propos des femmes, le rire, et je pense que je ne suis pas le seul, un rire féminin ça rend les hommes tout bêtes, et superglorieux en même temps quand c'est nous qui le provoquons. C'est déjà une petite possession, vous voyez ?

Je vous ai déjà parlé de Camus, lui il raconte bien ce genre de truc, mieux que je ne le pourrais. Évidemment.

Vous me manquez ; je sais, vous venez de partir, mais d'une certaine façon vous me manquiez déjà, même quand vous étiez en face de moi, rien qu'à cause de la perspective de votre départ.

À vous,

Aurélien.

24 juin 2001

Anne,

C'était à prévoir : ce con de Gabin s'est fait allumer. Il est allé demander une clope à l'un des gamins du groupe de dealers, je crois qu'il a été encouragé parce que ce sont des mômes, ils ont tous à peine dépassé vingt ans, il y en a dans le tas qui sont si maigrichons qu'on leur en donnerait quinze. Clair, ils l'ont envoyé chier, et au lieu de laisser tomber, ce baltringue les a insultés. Ils l'ont frappé à huit ou dix, ça a pris, quoi ? cinq secondes. Ils sont malingres, mais méchants. Quand je me suis approché, ils l'ont laissé. Je n'avais rien à dire, si ce débile n'était pas allé les provoquer, il ne se serait rien passé.

Il a le pif en morceaux, et deux doigts cassés. Il s'en sort plutôt bien.

À vous,

Aurélien.

30 juin 2001

Anne,

Figurez-vous que Gabin a des projets de vengeance. J'avais déjà réussi à le dissuader de dénoncer les gosses – parce que, là, ce serait devenu vraiment malsain pour lui – mais maintenant il parle de venger son honneur, ce pauvre gars. Son honneur. Il n'a pas le choix, ici on ne peut pas jouer les durs et puis changer d'avis, s'il veut se la donner, il faudra qu'il aille jusqu'au bout et il n'est pas armé pour ça. Je me suis efforcé de lui faire comprendre qu'il n'est pas du côté des fauves, qu'il doit se contenter d'essayer qu'on ne vienne pas l'emmerder, c'est bien suffisant. S'il ne comprend pas, eh bien... Je ne lui servirai pas de garde du corps, je n'ai pas envie de me faire planter à cause de lui. Autant je me sentais comme une responsabilité vis-à-vis de Frank, autant ce mec-là m'énerve.

À vous,

Aurélien.

5 juillet 2001

Anne,

Ça n'a pas été bien agréable d'apprendre, la veille de votre visite, que vous ne pouviez pas venir. Mais je le comprends très bien. J'espère que, pour votre sœur, ce ne sera rien. Non, en fait je suis furieux. Pas contre vous, juste furieux parce que j'avais besoin de vous voir.

À vous,

Aurélien.

9 juillet 2001

Anne,

Une bonne nouvelle : j'ai appris qu'on allait garder Frank à l'hôpital. Il y aura plus de chances de passer ses années sans se faire agresser, et même si je ne peux pas l'imaginer un jour dehors, même si je crois qu'il est condamné, et que ce pauvre gars a commencé sa part d'enfer ici, sur la Terre, au moins subira-t-il sans doute beaucoup moins de violence que s'il était resté là après mon départ. En centrale, ça fonctionne comme avec ces requins, qui se jettent sur le poisson qui émet des signaux de détresse parce qu'il est malade ou blessé. Il se serait fait bouffer. Je suis très soulagé.

Gabin, lui, semble avoir abandonné ses projets à la sicilienne. Il peint des statuettes de plomb. Oui, des petits soldats napoléoniens, c'est sa passion, il m'a encore gavé deux heures durant en m'expliquant les uniformes, et il a commencé à mettre un bordel infâme dans la cellule en étalant son armée, ses pots d'émail, ses gobelets, j'aime autant vous dire que j'ai mis le holà, c'est déjà minuscule là-dedans, on se marche dessus, alors il aura son petit coin pour faire joujou, et basta.

Bon, ç'aurait pu être pire, imaginez, s'il aimait les trains électriques...

Pas un cadeau, ce type. Mais pas méchant.

À vous,

Aurélien.

15 juillet 2001

Anne,

Aujourd'hui c'est l'anniversaire de ma mère. Je ne sais pas où elle est, dans le Sud, je crois. Il me paraît peu probable que je la revoie un jour. Déjà quand j'étais gamin, chez Grand-père, elle ne venait presque jamais. Elle n'est pas, enfin, je veux dire qu'il y a des mères un peu différentes de l'image qu'on s'en fait généralement. Je me suis souvent demandé si la mort précoce de mon père n'avait pas cassé quelque chose en elle ; c'est possible.

Mon père, je n'ai aucun souvenir de lui, je n'avais que trois ans quand il s'est tué dans un accident de voiture. C'est maître Chemarin, mon avocat, qui m'en a le plus parlé. Maître Chemarin était son avocat à lui, avocat-conseil, hein, mon père n'a jamais été poursuivi pénalement, mais enfin voilà, ils se connaissaient avant que j'aie besoin de ses services. Il m'a dit que mon père était un homme charmant (il était petit, fluet, j'ai une photo où on le voit en train de réparer la fourche d'une vieille moto Triumph, il avait la passion des motos anciennes mais ma mère a tout revendu à sa mort), un homme charmant, oui, selon maître Chemarin, et toujours tiré à quatre épingles, avec des manières à l'ancienne, et ma mère était très amoureuse de lui, elle était sans cesse scotchée à ses épaules, comme une patelle à son rocher. Je ne sais pas trop pourquoi, ça me fait du bien de savoir ça. Je crois tout bêtement que les enfants sont toujours heureux quand ils voient que leurs parents s'aiment.

À vous,

Aurélien.

21 juillet 2001

Anne,

Il était temps que je vous voie. J'étouffais. Je suis très heureux que ce ne soit pas grave pour votre sœur, mais vous, vous aviez l'air fatigué. Avec cette manie que vous avez de faire passer les autres avant vous... Pourtant, je serais bien mal inspiré de m'en plaindre, vous avez beau dire, je ne pense pas que vos visites ici soient une grande partie de rigolade.

Hier, je pensais à vous – comme d'habitude –, mais je pensais à vous d'une certaine façon, et je me disais que, si je vous avais rencontrée avant, mais j'arrête, c'est stupide, j'ai déjà écrit là-dessus. Autant à l'extérieur ce n'est pas bon de ressasser, autant ici c'est carrément dangereux, ça conduit à la désolation la plus totale, il ne faut pas se laisser aller à ça.

Pour dire les choses autrement, je n'ai connu de filles que jusqu'à mes vingt-trois ans, ensuite j'ai été enfermé. Une dizaine de filles ? Un peu plus, peut-être ? Il n'y en a pas une seule dont je puisse me souvenir avec tendresse, dont je puisse évoquer l'image pour recréer de beaux moments. Je crois que c'est dû à ce que j'étais devenu, à la dureté, à une manière d'être qui faisait que je ne pouvais sortir qu'avec des filles qui me ressemblaient.

Il y avait parfois le plaisir physique, mais quand il n'y a que ça, quand ce n'est pas accompagné d'une certaine douceur, même le plaisir est écœurant. On s'en va vite, après, on tourne le dos, il n'y a plus rien à dire, il n'y a pas de caresse à donner.

Pourquoi est-ce que je raconte ça ? C'est que vous n'avez pas de rivale, même dans ce passé lointain. Les autres ont glissé sur moi comme des gouttes sur une vitre. Vous êtes entrée à l'intérieur, vous vous ramifiez dans mon corps comme des racines dans la terre, parfois j'ai l'impression que vous m'occupez tout entier. Si vous étiez arrivée ici il y a dix ans, ça m'aurait rendu barge, j'en aurais bouffé les barreaux. Ou alors je vous aurais jetée. Ou, plus sûrement encore, j'aurais refusé la moindre visite avant même de vous voir. J'aurais cru à de la pitié, ou à une quelconque curiosité sordide. Mais maintenant, ce n'est pas pareil. Il fallait que je réfléchisse, que je fasse du chemin dans ma tête, que je pense et repense, et repense une fois de plus à ce que j'ai fait, à ce que j'attends de la vie, pour pouvoir vous accueillir comme il faut.

À vous,

Aurélien.

1er août 2001

Ça sent la fureur, la rage.

La violence, ça pue, Anne, comme la pire des charognes.

Il fait trop chaud, ce n'est jamais bon ici, un temps pareil, ça nous rend tous nerveux, tendus, on dort encore moins bien et les bastons se déclenchent pour n'importe quoi. Même plus besoin de prétexte, ça part comme ça, bim, un coup de poing dans la gueule, un coup de coude.

Même Gabin sent le truc, il faudrait avoir le nez, les oreilles, les yeux et tous les pores de la peau bouchés pour ne pas se rendre compte. Il m'a dit de lui apprendre des prises. Des prises ! Il se croit sur un tatami. Il y a eu une période de ma vie où je me battais sans arrêt, à peu près tous les jours, et du sanglant, on pourrait croire que je m'étais habitué, mais non, jamais ; à chaque fois j'ai eu peur, la pétoche bien dégueulasse qui vous tord les boyaux, à chaque fois j'ai ressenti ce mélange de haine, tout ce qu'on m'a fait qui remonte, le crapaud, vous savez, de haine et de trouille et de rage démente, cette fois-ci, enculé, tu m'auras pas, je vais arracher un arbre pour te le coller dans la tronche, je vais te faire tomber dessus cet immeuble, et cette montagne, je vais t'écraser comme une saloperie d'insecte.

Et Gabin qui insistait, dis, montre-moi, montre-moi, quand même, juste une prise, sois sympa, il s'est assez démené pour me chauffer. Tu veux de la violence, Gabin ? Tu veux que je t'apprenne des prises, comme tu dis ? D'accord.

Je me suis mis face à lui, on était un peu justes parce qu'on n'a pas, mais pas du tout de place, dans nos cellules, et je lui ai dit, on va commencer par ça, le low kick. Un coup de tibia, circulaire, dans la cuisse, regarde.

J'ai frappé un peu fort, un peu trop, parce que je voulais être tranquille. Il aura un bel hématome, et du mal à marcher pendant trois jours. Juste pour avertir. La violence, ce n'est pas sexy, ce ne sont pas ces bagarres chorégraphiées, minables, qu'on voit à la télévision. La violence, c'est laid, ça sent mauvais, ça sent la haine, l'humiliation. Ça fait boomerang et chaque fois que vos cartilages s'écrasent sur un nez ou une tempe, c'est comme si vous frappiez votre propre visage, mais vous ne le savez pas, vous cultivez l'illusion de la puissance, et après, quand vous ouvrez les yeux, il est trop tard. Vous avez cru qu'on vous respectait parce que vous inspiriez la peur, mais la crainte n'a rien à voir avec le respect. La crainte, c'est juste la petite sœur de la haine, et quand vous avez le dos tourné, on vous vomit, on s'applique à vous faire du tort, mais pas en face...

La violence, ça n'est rien de plus et rien d'autre qu'un crapaud pustuleux qui danse, c'est un instrument du mal, et c'est ce qui m'a conduit derrière ces murs.

Qu'on me laisse sortir d'ici.

Anne, j'ai tellement envie de cet endroit où il n'y aurait plus de confrontation, un endroit, même pas un pays, juste un tout petit territoire, ou même une maison, sans combat, une place où je pourrais être tranquille, où le crapaud qui ne veut pas mourir ne risquerait pas de se réveiller, où j'allongerais mon corps sur quelque chose de souple et doux, où je pourrais enfin me reposer. Est-ce que cet endroit s'appelle la mort ? Ou bien est-ce qu'on me fera le cadeau de la paix avant cela ? Tous les mecs, ici, qui grognent les uns contre les autres comme des chiens, je voudrais leur dire, vous vous trompez. Vous alimentez les flammes de votre propre brasier. Mais, bien sûr, je ne suis pas un prophète. Juste un prisonnier au milieu des autres.

À vous,

Aurélien.

5 août 2001

Anne,

Je sors dans moins de six mois. J'y pensais tout à l'heure, en face de vous, mais je n'ai pas eu le courage de vous en parler parce que j'ai peur de votre réaction. Qu'est-ce que vous ferez ? Qu'est-ce que moi, je ferai ?

Je suis devenu un inadapté. Ici vous êtes conditionné, vous n'avez pour ainsi dire aucune autonomie, vous ne prenez jamais de décision. Mais je suis de mauvaise foi, et ça suffit comme ça. Je ne vais pas tricher avec cette feuille de papier, alors que personne ne me lit. D'accord, j'ai peur du dehors, mais surtout je me refuse absolument à envisager la vie sans vous. Il m'arrive de confondre les époques, on flotte tellement, enfermé, avec ces jours qui passent, il m'arrive de croire qu'en sortant je n'aurai qu'à prendre le train pour retrouver Grand-père. Et puis je comprends que non, pas sur cette Terre, je ne le reverrai pas.

Matériellement, il n'est plus qu'un squelette dans une tombe, au cimetière du village. La dernière fois que j'y suis allé, j'avais vingt-deux ans, il y avait eu de très fortes chutes de neige au cours des jours précédents, et le cimetière était noyé sous un mètre de poudreuse ; personne n'était encore passé pour dégager, j'avançais, avec de la neige jusqu'au ventre, en essayant de repérer là-dessous la tombe de Grand-père ; il m'a fallu du temps pour la trouver, mais j'avais la poitrine gonflée, j'étais content, j'aimais bien que Grand-père soit à l'abri sous toute cette poudre magique, une couverture de cristal.

Ce sont deux amis à lui, Francis, un ancien guide, et Bernard, un charpentier qui faisait souvent les chantiers avec Grand-père, qui sont allés récupérer le corps sous le col de l'Enclume, dans un hélico du PGHM.

Vous savez, Anne, les gens de montagne ont un rapport particulier avec la mort violente, parce qu'elle leur est familière. Il y a énormément d'accidents dans la chaîne. Mais cette mort violente, elle n'a rien à voir avec celle d'un accident de moto, ou d'une rixe, comme ici. La montagne prend son quota de victimes, comme un ogre, et on ne pousse pas, là-bas, d'horribles clameurs, pas de trémolos, c'est comme ça. Grand-père avait vu un nombre incroyable de ses amis du coin disparaître, foudroyés sur une paroi, ou écrasés par un rocher, ou dans une avalanche, ou dévissant suite à un vol trop violent, il y a mille façons de mourir en montagne, il a perdu ces gens les uns après les autres et il était à peine triste, il rentrait un peu la tête dans les épaules, quelques jours durant, il parlait encore moins que d'habitude, et puis la vie continuait.

Grand-père, il avait la foi, une foi tranquille, il était sûr de son fait, il les retrouverait tous là-haut, aussi vrai que le soleil se lève et qu'il se couche.

Dieu lui avait donné le don de sourcier, un petit-fils qu'il chérissait, un paysage qui l'avait sculpté, et Dieu lui rendrait ses amis, et son fils. C'était simple. C'était naturel. C'était pur.

Moi, Anne, je ne crois plus, et je ne sais pas si on me rendra Grand-père ; pour l'instant, c'est à vous que je pense, vous qui êtes bien vivante, et je prie sans foi, je prie dans le vide pour qu'on ne vous enlève pas à moi.

Gabin vient de se renverser un de ses pots de peinture pour figurines sur la jambe, et il jure comme une armée de muletiers parce qu'en essayant de le retenir, il a fait tomber ses maréchaux d'Empire. Vous ne pouvez pas savoir ce qu'il peut me pourrir avec ses maréchaux ! Remarquez, là, au moins, j'apprends des trucs, tant qu'il ne me gave plus avec l'élevage de poulets, c'est déjà ça.

Eh oui ! je vous écris en direct, il s'est fichu un deuxième pot, du bleu ce coup-ci, sur le bras, en gesticulant pire qu'un damné sous la fourche. Ça y est, il en a dans les cheveux, maintenant. Et sur l'oreille. Il est multicolore. Ce gars n'a pas sa place ici, mais dans un cirque : Bonjouuur les pitits zenfaaants !

À vous,

Aurélien.

11 août 2001

Anne,

En recevant votre lettre j'ai été inquiet, je ne comprenais pas que vous m'écriviez alors que vous n'étiez pas partie en vacances, j'avais peur que soit vous ne puissiez pas venir la prochaine fois, soit vous ne vouliez plus venir du tout.

Mais non, vous faites comme moi. Ah, je raconte encore des conneries, vous ne faites pas comme moi, mes lettres, je ne vous les envoie pas. Vous avez écrit parce que vous en aviez envie, mais vous, vous avez le courage – et la logique – d'envoyer ce que vous écrivez.

Je ne sais que penser de votre lettre. Je la déplie, je la replie, je la remets dans l'enveloppe et je la range dans mes affaires, et puis, une demi-heure plus tard, je vais la rechercher, et une fois lue et relue je la replie, je la remets dans l'enveloppe, etc. La guignolade dure depuis un bout de temps, Gabin fait semblant de rien parce que je dois tirer une sacrée sale gueule.

Elle me met très mal à l'aise, votre lettre, parce que, eh bien, vous me dites que vous pensez à moi et que vous avez envie de me le dire, mais bon, ce qu'il y a, c'est que vous ne m'écrivez pas comment, comment vous pensez à moi et c'est ce comment qui m'importe. J'ai dû relire cette feuille une bonne trentaine de fois pour y découvrir un détail révélateur, mais rien. Vous pensez à moi.

Moi aussi, je pense à vous. Bordel.

C'est bientôt l'heure de la promenade. Courir va me faire du bien.

À vous,

Aurélien.

21 août 2001

Anne,

Vous avez une manière de vous cacher derrière votre frange, parfois on dirait une adolescente. À d'autres moments, c'est vous qui m'intimidez, avec vos yeux, qui me collent comme un gauche-droite dans le ventre.

J'ai pris à la bibliothèque, il y a quelques jours, un livre sur Lee Miller, une femme qui a été modèle et reporter-photographe, qui a fréquenté les milieux de la mode et des tas d'artistes prestigieux, mais aussi pris des clichés des camps de la mort à leur libération, en 1945, vous savez, ces terribles tas de cadavres décharnés.

On la voit aussi, c'est une image étrange, en train de prendre un bain dans la salle de bains du Nid d'Aigle, un des refuges de Hitler. Imaginez cette jolie femme, dans la baignoire, et devant celle-ci, posée par terre, la paire de rangers boueuses qu'elle porte avec son uniforme, au milieu des soldats en campagne.

Je n'ai jamais aimé les gens sans caractère, et je me suis souvent demandé pourquoi ils m'étaient si insupportables, jusqu'à ce que je comprenne que la volonté et la survie se confondent pour moi : elles sont indissociables. Quand je regarde un être sans volonté, c'est comme si je le voyais contempler sa propre jambe en train de pourrir d'une infection, sans qu'il se démène pour autant... L'absence de volonté, pour moi, c'est une forme de suicide. Parce que dans ma situation, et même avant d'être enfermé ici, la détermination, c'était une question de vie ou de mort.

À vous,

Aurélien.

6 septembre 2001

Anne,

Jamais je n'étais resté si longtemps sans vous écrire.

Quinze jours allongé, à bouger le moins possible pour ne pas dégouliner, d'autant qu'on ne peut pas se doucher tous les jours, ici, alors on se débrouille avec le lavabo. Il y a des mecs crades, mais crades, de vrais porcs, heureusement Gabin se lave, parce que Frank, ce sale gamin, il fallait que je lui botte les fesses pour ça.

Oui, il fait une chaleur démente, les cellules sont des fournaises.

Je ne sais pas comment vous faites, les femmes doivent avoir des trucs qui s'apparentent à la magie, mais tout à l'heure vous étiez fraîche comme si vous sortiez du frigo.

À vous,

Aurélien.

9 septembre 2001

Anne,

Dernières lignes sur ce cahier, plus de place. Mais heureusement j'avais pensé à en cantiner un autre, je le commence tout de suite.

9 septembre 2001
(suite)

Nouveau cahier.

Alors ? Qu'est-ce que j'y écris, pour commencer ?

Vous me manquez. Vous me manquez. Vous me manquez. Vous me manquez. Vous me manquez.

À vous,

Aurélien.

16 septembre 2001

Anne,

Le froid est venu d'un coup. Il y en a qui ne sont pas contents, les affamés de la bronzette, eh oui, il y en a ici aussi, mais moi, ça me va. Je pourrai m'entraîner plus facilement, et surtout il y aura moins de tension, nous en avons parlé la dernière fois, vous vous souvenez ? On a frôlé l'émeute, cet été, vous avez vu, ces bâtiments datent de Mathusalem, impossible d'y aménager le confort minimum, et puis il y a beaucoup plus de mecs que prévu, ma cellule, par exemple, serait déjà juste pour un homme seul, alors à deux... J'ai entendu dire que c'était encore pire dans les maisons d'arrêt. Ils y sont les uns sur les autres, comme du bétail dans un camion. Pas étonnant que ça explose.

Une révolte en prison ce n'est jamais tendre. J'en ai vécu quatre en treize ans. À chaque fois, ça s'est très mal terminé, il y a même eu mort d'homme à une occasion.

À vous,

Aurélien.

22 septembre 2001

Anne,

Il y a quelques années de ça, c'était la mode des anges, on les mettait à toutes les sauces, bouquins, films, tout juste si on n'en collait pas des images sur les paquets de pâtes. Oui, même moi je sais ça, on a la télévision, et les magazines, ici. Je me suis demandé ce qui attirait tellement les gens, dans l'idée de ces anges, et je crois que c'est leur compassion.

Les anges, ils nous aident à porter nos fardeaux, ils chargent, sur leurs ailes, nos souffrances et nos peurs. Cette compassion, si rare chez nous les humains, mais qui est chez eux infinie. Vous êtes mon ange.

À vous,

Aurélien.

30 septembre 2001

Anne,

Ce sont les derniers mois les plus durs. Il y en a qui ne comprennent pas qu'on puisse s'évader en fin de peine, alors qu'on a tiré des siècles et qu'il ne reste presque plus rien à faire, mais ces gens ne savent rien de l'enfermement.

Gabin m'a dit tout à l'heure qu'il allait accomplir ses six ans les doigts dans le nez. Je ne sais pas s'il est con, ou bravache. Un peu des deux, je pense. Je n'ai rien répondu, mais ce que je vois, c'est qu'il n'est pas taillé pour sortir de là indemne. D'ailleurs, personne au monde ne sort de là sans séquelles.

À vous,

Aurélien.

2 octobre 2001

Anne,

Dans un livre de Steinbeck, je viens de trouver un personnage féminin qui vous ressemble. Ce n'est pas tout à fait vous, mais... Non, je me rends compte que je vous vois partout. Je sais, c'est ridicule.

À vous,

Aurélien.

8 octobre 2001

Anne,

Hier, quand vous êtes arrivée j'étais doublement heureux, parce que vous étiez là, bien entendu, et puis j'ai enfin retrouvé mes capacités physiques d'avant le claquage, je soulève autant qu'avant, je fais autant de pompes, c'est bien, mais je ne vais pas écrire là-dessus, les filles se foutent de ça. D'ailleurs, je ne suis pas fou, je ne vous en ai pas touché un mot, à la visite.

Ça m'a fait bizarre, quand vous m'avez dit que vous vous étiez démenée pour prendre une semaine de vacances, mais entre vos visites, pour ne pas en faire sauter une. Le Bordelais, c'est moins classe que la Crète, vous avez joué petit bras, ce coup-ci. Enfin, pas de mec avec vous pour le voyage, cette fois, ça c'est une excellente nouvelle, et puis dans la maison de votre tante, je ne pense pas que vous avez trouvé une horde de play-boys aux muscles souples et au sourire Colgate.

C'est très déplaisant – et le mot est faible – d'imaginer les salopards les plus variés, petits, grands, chevelus, rasés, en costards croisés italiens, malins, ou charmants, ou charmeurs, d'imaginer la quantité impressionnante de ces fumiers qui vous voient passer dans la rue, ou, bien pire, viennent s'extasier à vos vernissages. Je me demande si ça vous ferait rire ou si ça vous énerverait, si je vous disais ça. La vérité, c'est que je me sens minable face à ceux du dehors.

Vous étiez tout excitée par cette future exposition à Martigny. C'est si prestigieux ? Je n'y connais rien. Et puis vous m'avez dit que nous irons un jour là-bas. Vous avez dit nous, et vous m'avez regardé bien en face pour me faire comprendre l'intention, et c'était la première fois que vous faisiez une allusion à l'avenir, à ce qui se passera quand je serai sorti.

Vous ne m'avez jamais posé la moindre question sur ce qui m'a amené derrière ces murs. Mais j'ai tué quelqu'un. Est-ce que vous le savez ? Est-ce que vous avez envie d'aller en Suisse, et où que ce soit, d'ailleurs, en sachant cela ? Je vais vous en parler. Oh, non, je sais bien que je n'en aurai pas le courage. Je vais vous l'écrire.

À vous,

Aurélien.

9 octobre 2001

Quand Grand-père est mort, son ami Francis m'a pris chez lui, le temps que Patrick et ma mère viennent me chercher. Ils ne se sont pas dérangés pour l'enterrement.

Je vous ai déjà dit, je crois, que c'était un ancien guide, Francis, il vivait dans un immense chalet, qui servait autrefois d'hôtel, avec toute sa famille, et ça faisait du monde, croyez-moi. Cet homme, il était en or, il se marrait tout le temps, mais pas comme maître Chemarin, parce que mon avocat, il rigole pour évacuer le stress de son boulot, c'est sa came, comme la clope. Il se marre comme on presse un citron, faut que ça sorte, mais c'est pas joyeux.

Francis, il riait du bonheur d'exister. Il aimait se lever le matin, ce genre de mec, vous voyez ; il ne prenait rien au sérieux. Il crânait avec Grand-père, parce que lui avait perdu deux doigts, gelés, dans une expédition himalayenne, il disait qu'une seule phalange, et dans un outil en plus, c'était mesquin, et Grand-père, pour se venger, il l'appelait l'Homoncule ; c'est qu'il était petit, Francis. Une espèce de farfadet.

Patrick est venu seul, ma mère ne s'était pas déplacée. J'ai compris après que c'était parce qu'elle avait le visage abîmé. Bon, il est venu seul, il est resté, quoi, une demi-heure chez Francis, le temps que je fasse mes adieux, et il a trouvé le moyen de lui tendre deux billets, pour le dérangement, comme il disait. Là, Francis, il ne rigolait plus, je vous le dis. Il est devenu tout blanc, et si je n'avais pas été là, ça se serait mal passé.

Rangez ça, monsieur, il disait, et ce connard de Patrick : Allez, vous boirez un coup à la santé du vieux, il parlait de Grand-père... Vous ne pouvez pas savoir comme j'avais honte, quand on est enfant, on a une notion très précise, ultrasensible, de ce genre de choses : ridicule, déshonneur, indignité, et ça fait mal de voir des adultes qui ne sont pas à la hauteur de ce qu'on attend d'eux. Je suis certain que vous comprenez ce dont je parle.

Patrick et moi, nous sommes partis.

Il était venu en voiture, nous avons roulé cinq heures pour arriver en ville. C'est ma mère qui nous a ouvert la porte de l'appartement, et je suis entré dans le cauchemar.

Il faut que je respire un peu. Je continuerai tout à l'heure.

À vous,

Aurélien.

22 octobre 2001

Anne,

Il aura fallu votre visite d'aujourd'hui pour que je trouve le cran de continuer à vous écrire. C'est que j'ai commencé à raconter, et maintenant je ne peux pas vous écrire autre chose, tant que ce n'est pas sorti, et si j'ai envie de me retrouver avec vous sur le papier, il y a des souvenirs qu'on préfère garder flous.

Vous étiez là tout à l'heure et je me suis laissé

emporter par la vague, celle dont je vous disais autrefois qu'elle me donnait mal au cœur, autrefois seulement, parce que j'ai compris : il suffit de se laisser porter, sans résister. Vous me cueillez dans les abysses, vous m'amenez au soleil de la surface, vous me faites virevolter dans l'écume. Vous êtes ma merveille.

Je continue, il faut que je vous raconte.

Quand ma mère a ouvert la porte, elle avait la moitié de la figure bleue, et le coin de la bouche abîmé. J'étais déjà mal à l'aise, vous savez, je l'avais très peu vue durant toutes ces années, je ne la connaissais pas, d'une certaine manière, mais de la découvrir comme ça, j'ai, bon, ç'a été une vraie claque.

Je suis tombée dans la baignoire, elle a dit, en me faisant entrer.

Et je l'ai crue. Pourquoi est-ce que je ne l'aurais pas crue ?

J'étouffais, en ville. Rendez-vous compte, j'avais toujours vécu en montagne, dans un chalet, avec Grand-père, et je me retrouvais dans un appartement en plein cœur d'une cité puante, avec des gens qui faisaient la gueule dans la rue, les voitures partout, les vespas qui me partaient dans les jambes...

À l'école, même chose. J'avais laissé des tas d'amis, là-bas, on skiait, on grimpait en été, et dans ce nouveau bahut, les gamins étaient différents, leurs pôles d'intérêts, leurs activités m'ennuyaient, je ne les comprenais pas. Alors je restais seul.

Tout a commencé à cause de l'école, justement : un prétexte abracadabrant. Un soir, à table, Patrick m'a demandé où je m'asseyais en classe. Je n'ai pas compris la question, alors il a répété, en s'énervant :

Où est-ce que tu t'assieds, putain ? À quel rang ?

C'était étrange, je me souviens que je me suis dit, il est pas net, ce mec, et j'ai répondu :

Euh, ben, je ne sais pas, Patrick, au troisième rang, ou quatrième ?

Il m'a envoyé une gifle qui m'a décollé de ma chaise et m'a envoyé rouler par terre, dans la salle à manger.

Un bon élève, ça se met au premier rang, espèce de sale petite merde, j'espère que je n'aurai pas à te le répéter, il a dit, et il était rouge, avec ses lèvres grasses pleines de sauce de poulet, et moi, allongé, je regardais ma mère, et j'attendais qu'elle lui dise qu'il était fou, mais elle, elle s'est juste levée pour débarrasser les assiettes.

Et reviens à table, sale fiotte, il a rajouté, Patrick. Je me suis rassis, j'ai terminé le repas, j'ai emporté mon assiette et mes couverts dans la cuisine où ma mère faisait la vaisselle – elle ne s'est pas retournée – et je suis allé dans ma chambre. Je n'étais pas en colère, j'étais stupéfait, ça me dépassait complètement. En neuf ans de vie commune, Grand-père n'avait jamais levé la main sur moi, mais je le respectais tellement que jamais il ne me serait venu à l'idée de lui désobéir. Vous pouvez utiliser toutes les méthodes d'éducation au monde, rien ne remplacera jamais l'exemple, et Grand-père, je me serais fait couper en morceaux plutôt que de lui faire honte, ou même de lui inspirer de la réprobation.

Cette nuit-là, j'ai très peu dormi. Au petit matin, dans un demi-sommeil nauséeux, j'ai entendu des chocs contre les murs de l'appartement, au fond du couloir, là où Patrick et ma mère avaient leur chambre, mais je me suis rendormi sans savoir que c'était le corps de ma mère que Patrick balançait comme une balle à travers la pièce. Ça, je ne l'ai su que bien plus tard. Je vais vous laisser, je ne peux pas vous en écrire plus ce soir.

Prenez soin de vous, Anne. Je vais m'endormir, vos bateaux au-dessus de ma tête.

À vous,

Aurélien.

28 octobre 2001

Anne,

Gabin a fini sa série de maréchaux. Il passe maintenant à la valetaille, comme il dit. Et puis, bien sûr, il y aura l'Empereur, le petit caporal, le grand homme ! Il le garde pour la toute fin, il en salive à l'avance.

Vous savez, c'est assez intéressant. Toutes les passions, toutes les choses menées à fond méritent l'attention. Et finalement, qui l'aurait cru, j'apprends des trucs avec ce couillon de plombier. Il est incollable sur cette période, il peut vous dire la couleur du caleçon de Murat à la bataille d'Austerlitz. Moi, l'armée, ç'a été vite fait : je suis resté une demi-journée dans la caserne, pour ce qu'on appelait, avant, les trois jours, je me suis battu avec un sous-officier de merde, c'est que, vous voyez, je n'ai pas trop le goût des ordres, qu'il s'agisse de les donner ou de les recevoir. Il y a eu des tas d'embrouilles, que je vous passe, et puis on m'a exempté.

C'est bien que le service soit supprimé. On y apprenait qu'à mentir, à glander, et à jouer le pitoyable petit jeu de la virilité, en prenant une voix bien grave et en gueulant, comme si c'était ça, avoir des couilles.

Vous savez, Anne, le souvenir que je garde des années qui ont précédé mon enfermement, c'est que ces fameuses qualités viriles, le courage, la ténacité, l'endurance, eh bien je les ai plus souvent rencontrées chez les femmes que chez les hommes. Et dans la rue, vous ne pouvez pas tricher ; vous ne pouvez pas faire semblant.

À vous,

Aurélien.

6 novembre 2001

Anne,

Je ne sais pas comment vous faites, si c'est conscient ou quoi, je n'ai aucune idée de la manière dont vous vous y prenez pour que je me sente si bien quand je vous vois, ou même, quand je pense au moment où je vous verrai.

Vous avez rougi – vous rougissez décidément facilement – quand je vous ai dit que vos yeux n'étaient pas maquillés, et c'était drôle de vous voir réagir au quart de tour en disant, presque agressive, que vous n'aviez pas eu le temps.

Me voilà gonflé à bloc, à nouveau, et je vais continuer mon histoire. C'est que pour que vous compreniez ce qui m'a amené ici, pour une si longue peine, je dois vous expliquer, je dois raconter le chemin, autrement vous ne verrez rien d'autre qu'une brute, en ne considérant que l'acte lui-même qui m'a valu ma condamnation.

Patrick ne me frappait presque jamais au visage. C'était plutôt des coups de pied dans le cul, mais qui me soulevaient du sol, qui me faisaient un mal de chien, et surtout, surtout, qui m'humiliaient. Patrick était le champion de l'humiliation. Il me traitait sans cesse de fiotte, de larve, de petite merde, toujours ce genre de truc, et puis il me disait :

Baisse les yeux, baisse les yeux, saloperie, ne me regarde pas.

Il faisait de même pour ma mère, des insultes bien dégueulasses, qui m'ébahissaient, mais il ne la frappait pas devant moi. Juste dans l'intimité.

Les repas du soir étaient des épreuves. Chaque fois qu'il élevait la voix, chaque fois qu'il avait un mouvement d'humeur, nous nous attendions à ce que Patrick balance un plat à travers la pièce, à ce qu'il se mette à distiller de la haine concentrée, en nous bavant dessus une horreur quelconque. Je ne mangeais presque plus, je retenais ma respiration, je passais ces repas en apnée.

Il n'y avait qu'une seule chose à faire, maintenant je le sais, et cela aurait tout changé : c'était d'aller au commissariat, ou d'appeler, mais je ne sais pas si ça existait à l'époque, le numéro pour les enfants battus.

Je n'avais que douze ans, à cet âge on n'est pas très costaud, ni dans son corps, ni dans sa tête, on a honte, on se sent coupable même, parce qu'on ne peut pas comprendre la perversion d'un adulte qui frapperait par goût, on se dit qu'on ne doit pas être nickel, on se trouve des défauts, on cherche, en fait, des excuses à l'attitude de celui qui nous torture, parce que c'est presque plus rassurant de croire qu'on y est pour quelque chose.

C'était à ma mère de le faire. De dénoncer ça. De partir. Pourquoi n'a-t-elle jamais bougé ? Maintenant encore je me pose la question, et je ne peux pas y apporter de réponse. Je ne connais pas ma mère, je ne sais pas ce qui se passe dans sa tête. Elle a traversé ces années avec ses lunettes de soleil, et la sempiternelle couche de fond de teint pour cacher le plus gros des dégâts. Elle ne travaillait plus – auparavant elle avait été horticultrice, avant ma naissance. Elle restait devant la télévision, en attendant le retour de son mari. Lui était ingénieur, spécialisé dans l'électronique, il travaillait sur les premières consoles de jeu, vous savez, celles qui proposaient le casse-briques, le tennis, avec des petits bâtons qui se déplaçaient en faisant tic tic, la préhistoire, quoi, mais à l'époque c'était balèze.

J'ai essayé de parler avec ma mère. Ce que je récoltais, le plus souvent, c'était des fiche-moi la paix, ou des arrête, il te nourrit, il n'est pas si mauvais que ça. Et quand plus tard, elle a fait de nombreuses tentatives de suicide, quand, à quatorze ans, j'ai dû pour la première fois l'emmener de nuit aux urgences, son ventre rempli de médicaments, elle ne m'a pas plus parlé. Elle reste pour moi une espèce de mystère, l'incarnation de la solitude désespérée. Aucun pont n'a jamais existé entre elle et moi, et si, en sortant d'ici, je retrouvais sa trace et que j'allais la voir, qu'est-ce qu'elle ferait ?

Elle hausserait les épaules, sans doute.

J'ai été à l'école de la haine. Patrick me l'a bien

enfoncé, au fond de la gorge, le maudit crapaud, et c'est là que j'ai commencé à basculer. Dès les premiers mois qui ont suivi mon arrivée en ville, quand j'ai compris ce qui se passait dans la chambre, quand j'ai su que les chocs qui résonnaient dans l'appartement n'étaient rien d'autre que les impacts du crâne et du corps de ma mère valsant à travers la pièce, quand j'ai entendu les cris et les gémissements, et les vociférations, je n'ai plus dormi. Alors je sortais de l'appartement, et j'allais traîner dans les rues.

Je n'avais pas encore treize ans, je connaissais mal la grande ville, mais je me retrouvais toujours au bord du fleuve, c'était, à mon idée, ce qui se rapprochait le plus de la nature que j'avais quittée. Je marchais en funambule au bord extrême du quai, juste au-dessus de l'eau, et si j'étais tombé, je me serais noyé. Peut-être que c'était ce que je souhaitais, j'étais sans cesse partagé entre la rage aveugle et les pleurs.

À l'école, alors que jusqu'à présent mes résultats avaient été très bons, je me suis complètement cassé la gueule. J'étais crevé, et puis je commençais à sécher. Mes carnets devenaient lamentables, les profs ne pigeaient pas grand-chose à tout ça, ils voyaient un cancre, et c'était tout. Un seul type, un prof d'histoire-géo, je ne l'ai pas oublié, il s'appelait M. Borat, un seul a essayé de m'aider, il voyait bien qu'il y avait une couille dans le potage. Il me questionnait, et même si je ne répondais pas, il m'a donné la main, à sa manière, avec lui au moins je ne me sentais pas trop nul. C'était un drôle de mec, aux allures de loup-garou, qui terrifiait les élèves avec sa grosse voix et son éternelle barbe de trois jours, mais il me disait, allez, Malte, au boulot ! et je levais un peu la tête. Oui, un des rares beaux souvenirs parmi les images d'adultes de cette époque.

Patrick a vu dans mon effondrement scolaire un nouveau prétexte à des coups, à du mépris affiché ; je vivais dans la trouille permanente, baisse les yeux, petite saloperie, petite merde, sale petite fiotte, et bim, et je n'osais plus rentrer chez moi, mais je ne parlais de tout ça à personne.

Je voyais ma mère se décomposer, semaine après semaine, mois après mois, pourtant je vous l'ai dit, je ne pouvais pas, à elle non plus, lui parler.

Je me sentais absolument seul, je m'allongeais sur mon lit, je fermais les yeux, et je me voyais comme un astronaute dont on a coupé les fils qui le retiennent à sa capsule, à sa navette. Je dérivais dans l'espace.

Je suis fatigué, je continuerai plus tard.

À vous,

Aurélien.

7 novembre 2001

Anne,

Ici beaucoup traînent en savates, en survêt, les mecs se négligent à cause de la déprime, des habitudes, de l'ennui, et puis à qui voulez-vous plaire ? Moi, j'ai toujours essayé de faire gaffe. Je crois que ce sont ces petits détails qui vous permettent de tenir. L'obsession de la dignité, de l'allure, même si c'est juste pour soi-même, pour le miroir.

Les rituels quotidiens, ça aide, ça soutient la tête comme les abdos vous soutiennent le bide. Le miroir... Ce n'est pas du narcissisme, c'est juste que vous pouvez mentir à tout le monde, vous la péter, frimer, la seule chose qui compte vraiment c'est de s'estimer, soi. Un homme qui ne se respecte pas est perdu, parce qu'il ne peut pas respecter les autres, je sais que vous me répondriez probablement qu'un taulard condamné pour meurtre n'est pas le mieux placé pour donner des leçons de vie, mais j'ai eu le temps de réfléchir à ce genre de chose.

À vous,

Aurélien.

12 novembre 2001

Anne,

Aujourd'hui, un gardien s'est fait amocher par un détenu. On dit qu'il a une oreille arrachée, mais allez savoir, on exagère peut-être. J'espère que ça ne nous vaudra pas une grève, ça pourrait compromettre les parloirs. Il est arrivé que certains établissements soient bloqués longtemps.

Les gardiens, ils fonctionnent un peu comme les flics : ce n'est pas qu'ils soient plus mauvais que les autres, c'est plutôt l'uniforme qui pose un problème, parfois. Vous collez sur un mec banal une veste avec des épaulettes, et les prérogatives qui vont avec, et il peut se mettre à jouer les petits chefs, à pourrir les autres. C'est ça le truc : donnez du pouvoir aux gens, et vous verrez ce que certains d'entre eux en font. Mais je n'ai rien contre la plupart des gardiens. En treize ans, il ne m'est jamais arrivé d'avoir un accrochage sérieux avec eux. Ils font un boulot de merde, ils sont enfermés eux aussi, et même s'ils rentrent dans leur baraque le soir, ça ne les empêche pas de subir la pression de ces murs.

À vous,

Aurélien.

16 novembre 2001

Deux jours de grève, mais vous et moi, on s'en fout : vous serez là dans quatre jours, et c'est déjà fini, ça s'est remis à tourner normal ce matin. Le gardien a effectivement eu l'oreille arrachée, mais on la lui a recollée. Celui qui l'a mordu est au mitard, en attendant. C'est Lesandre, ça vous dit quelque chose ? Un mec qui a fait un hold-up sanglant il y a deux ans, il est complètement taré, un psychopathe, encore un de ces gars qui n'ont rien à faire ici, un pur malade, je me demande ce que fabriquent les experts psychiatriques, dans les tribunaux. La présence de ce genre de mec dans une cour de promenade, ou dans votre cellule, ce n'est pas exactement un cadeau. Les gamins du dehors qui se la jouent et font les malins en disant que la prison, ça ne leur fait pas peur, il faudrait les enfermer dix minutes avec Lesandre, ils seraient guéris de leurs passions rebelles, je vous le dis. Et encore, en dix minutes, les types dans son genre peuvent faire des tas de trucs moches. Pas la peine de détailler.

À vous,

Aurélien.

20 novembre 2001

Anne,

C'était la première fois que, de vive voix, je vous parlais de la montagne de Grand-père, enfin, de la mienne, puisque c'est aussi la mienne, même si cela fait si longtemps que je n'ai pas marché à l'air libre... J'ai pourtant dans l'oreille le souffle du vent, quand on arrive à un sommet, et qu'on écarte les bras comme pour prendre un envol.

Je ne vous en avais pas parlé, parce que je pensais que ça ne vous intéresserait pas, enfin, que vous ne comprendriez pas l'importance que ce lieu a pour moi, et voilà que vous me dites que vous voulez que je vous y emmène.

Une fois de plus, je mesure la différence qu'il y a entre ce que je vous ai dit, et ce que je vous ai écrit sans que vous en lisiez jamais une ligne. C'est beaucoup plus facile d'écrire. Pendant vos visites, je ne vous aurais pas confié le quart de ce que j'ai posé sur ces cahiers. Un jour – si tout va bien – je vous dirai tout, tout ce que j'écris là. Peut-être que vous l'écrire, c'est une forme de répétition, comme au théâtre, une mise en place, une manière d'ordonner mes souvenirs, certains que je n'avais plus agités depuis de nombreuses années.

Ce que je vois en tout cas, c'est que même si je vous ai beaucoup moins parlé qu'écrit, vous avez tout de suite compris combien ma montagne me tenait à cœur, et je ne peux vous dire à quel point la perspective de retourner là-bas en votre compagnie me remue, tant ce serait pour moi le mélange de, je ne sais pas comment vous le dire, le mélange de l'endroit que j'aime le plus, et de la personne qui compte le plus. Je m'embrouille, mais vous comprenez.

À vous,

Aurélien.

23 novembre 2001

Anne,

Depuis que vous m'avez parlé d'aller en montagne avec moi, j'y pense sans arrêt. C'est trop pour moi, c'est comme un de ces rêves crétins qu'on entretient dans son crâne quand tout va très, très mal, et qu'il faut se tenir à quelque chose pour ne pas s'effondrer, sauf que là, c'est bien réel. Vous existez – oh oui – et bon, je sors dans deux mois. Je suis fébrile, je ne tiens plus en place. Même quand je m'allonge, mon cœur bat comme si j'avais couru. J'ai pris un autre bouquin de Steinbeck, qui raconte sa traversée des États-Unis en roulotte avec son chien, mais je suis tellement énervé que je n'arrive pas à le lire.

À quatorze ans, alors que j'étais déjà bien allumé,

j'ai fait une fugue, j'ai pris un train et je suis allé chez Grand-père, je veux dire, là où j'avais vécu avec lui, mais je ne suis pas allé jusqu'au chalet parce qu'il avait été vendu et je ne voulais pas voir les nouveaux propriétaires, je les aurais tués, vous savez, j'étais vraiment enragé, plus rien ni personne ne me contrôlait. Pas jusqu'au chalet, donc, mais dans la forêt, juste en dessous, une forêt que je connaissais par cœur. J'ai cherché l'arbre le plus haut, c'était un mélèze immense, et je suis monté dedans, jusqu'à ce que j'arrive au faîte, j'étais très léger à l'époque. Autour de moi, j'avais la chaîne, bien blanche, ça se passait en novembre, à peu près comme maintenant, peut-être un peu plus tôt, et puis j'avais les arbres : les feuillus étaient jaunes, les mélèzes orange vif, les épicéas variant du vert-gris au presque noir. Je me balançais, crispé sur l'extrémité fragile de l'arbre, je ne sais pas combien de temps je suis resté là, j'avais l'impression qu'en y croyant à toute force, j'allais pouvoir me transformer en pierre, en feuille, en écureuil ou en insecte, en orvet, n'importe quoi pour ne pas retourner chez les hommes, et que j'allais trouver la paix, ne plus être qu'une partie, un petit rouage au cœur de l'immensité de cette nature tranquille.

J'ai dormi dans les bois deux jours de suite. J'avais emporté de quoi manger et une couverture, dans laquelle je m'enroulais, sous un rocher en saillie. Le troisième jour, j'ai été plutôt surpris quand les gendarmes m'ont chopé, dans une clairière, d'autant qu'on aurait dit qu'ils me cherchaient. Après, j'ai su qu'un gars du village en bas de la côte, un épicier, m'avait vu à la sortie du train, seul, et que ça l'avait intrigué, il en avait parlé, et de fil en aiguille, voilà, j'étais serré.

C'est assez dingue d'imaginer que, si j'avais parlé aux gendarmes, si j'avais dit ce que ma mère et moi subissions depuis deux ans, tout se serait arrêté. Les gosses de maintenant sont mieux informés, si ce genre de truc leur arrive, je suppose que certains d'entre eux au moins auront l'idée de parler, même si ce n'est pas facile d'affronter la honte, de mettre au grand jour des affaires puantes.

Je n'ai rien dit, on m'a ramené en ville, et Patrick a soigné mon retour ; il en a aussi fait profiter ma mère. C'est à cette époque que j'ai perdu la foi. La nuit, debout dans le couloir, à quelques pas de la chambre où on torturait ma mère, je répétais, la tête dans les mains, tournant sur moi-même comme un derviche, mon Dieu, mon Dieu, mon Dieu, mon Dieu, mon Dieu, aidez-moi, mon Dieu, aidez-nous, et puis non, Il ne nous a pas aidés, et devant les traits décomposés de ma mère, devant l'impudence répugnante de mon beau-père qui, inlassable, expliquait qu'elle s'était cognée, qu'elle était tombée, devant le plaisir manifeste qu'il ressentait à faire régner la terreur et à nous humilier, devant tout cela, ma foi s'est dissoute, elle m'a filé entre les doigts comme de l'eau. Il n'est plus resté que la haine, et la volonté obsessionnelle d'être fort, mentalement, physiquement.

Depuis que je vous ai rencontrée, il y a quelque chose qui grandit dans mon esprit, qui n'a plus beaucoup à voir avec la foi de mon grand-père, celle qu'il m'avait communiquée et que j'ai perdue, mais quelque chose qui est aussi beau, et peut-être plus simple : je crois en ce que vous m'inspirez, je crois en ce qui chante en moi quand vous entrez dans le parloir.

À vous,

Aurélien.

30 novembre 2001

Anne,

Voilà maintenant qu'il se laisse pousser la moustache. Il n'aura rien épargné pour me faire rigoler. Il (Gabin, bien sûr, qui d'autre ?) m'explique que ça lui durcit le visage, que ça impressionne. Je lui réponds que je n'en doute pas, et que, le respect des autres augmentant à proportion de son système pileux, on se prosternera à ses pieds quand sa moustache lui caressera les genoux. Il est vexé, mais il tient bon.

Vous me manquez.

À vous,

Aurélien.

2 décembre 2001

Anne,

J'ai peur de sortir. Leur système de réinsertion devrait me permettre de travailler dans la fabrication de matériaux de construction, je vous l'ai dit, et là, je pense que je serai suffisamment encadré pour ne pas avoir à réfléchir, et puis je ne resterai pas inactif, et enfin je dois gagner de l'argent, parce que tout ce que j'avais de côté avant mon incarcération est passé dans le cantinage, et pourtant, j'avais de quoi... Mais je n'ai pas pu bosser derrière ces murs. Avec mon attitude des premières années, je n'y ai pas été autorisé. Et mon petit pécule a vite fondu.

Certains produits, même d'hygiène élémentaire, sont très chers en prison ; je crois qu'on ne sait pas ça dehors, malgré tout, ici aussi, il y a une grande inégalité financière, et les prisonniers sans thune sont mal, très mal... Je me souviens de la honte que j'ai eue quand vous m'avez demandé si je n'avais pas besoin d'argent. Comme si vos visites n'étaient pas suffisantes.

Le boulot, ça ne m'inquiète pas. J'ai besoin de rails, pour l'instant du moins. Mais la liberté à côté, tout cet espace, ça me fait froid. Et puis vous avez beau dire, je suis malade de trouille à l'idée de vous perdre. Ce serait pire que de crever, pire que de rester ici toute ma vie, je préférerais ça, si je savais que vous viendriez me voir. En fait, je le pense vraiment. La liberté sans vous, je n'en veux pas. Ce serait encore une prison.

À vous,

Aurélien.

6 décembre 2001

Anne,

Je reviens de la course. On réfléchit bien, quand on bouge, vous avez remarqué ? Mieux que le cul posé sur une chaise. Je pensais à vous, je repensais à ce dont nous avons parlé hier, le fait que votre enfance, et votre vie jusqu'à maintenant ont été si tranquilles. Qu'au fond, vous ne connaissez pas la violence. C'est une bénédiction, je pense que vous vous en rendez compte. Je me suis très souvent demandé ce qu'aurait été ma vie sans la mort de

Grand-père, mais je sais que c'est idiot. On ne peut pas jouer de la touche « rewind », dans l'existence.

Quand vous êtes habité par la haine et la brutalité, vous émettez des signaux qui provoquent autour de vous la peur ou la rage, suivant les circonstances, et la nature de ceux qui vous rencontrent. La première fois que j'ai compris ça, c'était quand j'attendais un copain devant une station de métro, et un flic est venu pour me dire de dégager. J'ai répondu que je ne faisais rien de mal, que si je bougeais, mon copain me manquerait, et le flic m'a collé une baffe, et il m'a obligé à vider mes poches, il a tout balancé par terre, après m'avoir fait m'appuyer, bras écartés, contre un mur. On nous regardait, j'ai surpris un mélange de réprobation à mon encontre, et de peur, dans le regard d'une vieille qui passait. Je m'étouffais de fureur impuissante.

Le flic avait mal agi, bien sûr, mais en même temps je sais, aujourd'hui, exactement ce qui a provoqué sa conduite : à quatorze ans, j'étais déjà dangereux. Je transpirais la bestialité que Patrick m'avait enseignée. En me faisant ça, le flic ne faisait que me rendre un peu plus barge, mais il ne le savait pas. Peut-être qu'il croyait qu'en m'effrayant, il me remettrait dans le droit chemin. Peut-être aussi qu'il détestait ce que je représentais... La haine, c'est une éternelle partie de ping-pong.

À l'école, je me battais. Dans la cour, à la sortie. Et

ce n'étaient pas de saines bagarres de western. D'ailleurs, je ne crois pas à la saine bagarre. Il y a toujours, dans toute confrontation physique, un mélange merdeux fait d'abaissement, de confusion, de mépris, de supériorité brutale.

Un an auparavant, je me surprenais avec dégoût à lever le bras devant mon visage, quand un inconnu, dans le bus ou dans la rue, faisait un geste brusque devant moi. Désormais, je l'avais décidé, c'est moi qui ferais peur.

Je continuais à traîner la nuit, un peu partout où c'était électrique, où les ondes de la démence urbaine explosaient comme des éclairs, dans la rue. Je me suis fait abîmer, mais pas plus que par Patrick, et puis l'humiliation n'était pas là.

J'ai pris un coup de bâton qui m'a ouvert la joue, je suis allé à l'hôpital pour me faire recoudre, Patrick est venu me chercher, appelé par les services de l'établissement. En revenant, dans la voiture, alors qu'il essayait de me frapper en conduisant d'une main, je lui ai craché au visage et je me suis enfui pendant qu'il freinait sec. Je suis revenu à la maison deux jours plus tard, j'ai mangé la raclée de ma vie, mais je commençais à me défendre ; moi aussi, je lui ai fait mal, cette fois-là. Et le lendemain, au petit déjeuner, alors qu'il était parti au travail, ma mère me l'a reproché... Je n'avais pas le droit, paraît-il, de lever la main sur lui.

C'étaient les débuts de la boxe thaïe en France, le

frère d'un copain la pratiquait, et j'allais regarder, même si je ne prenais pas de cours, j'observais, et puis j'expérimentais ça la nuit. À force de revenir dans les mêmes coins, je m'étais trouvé quelques camarades de jeux, plus âgés que moi, mais qui me respectaient parce que j'étais aussi chaud que possible. Chaud, c'est-à-dire fou furieux. Je m'attaquais à des types pesant le double de mon poids, je vidais ma rage en frappant, puis en levant la tête vers le ciel, pour hurler comme un animal.

Dans la cave de mon immeuble, j'avais roulé serré, entouré d'adhésif, un vieux matelas, et je tapais dedans pendant des heures, la bouche pleine de salive, c'était le monde que je tuais à coups de poing, de coude, de genou, de tête. Crève, crève, crève, crève !

Je crois que si j'avais pratiqué la boxe thaïe, ou anglaise, ou un art martial un peu dur, où l'on se frappe, je crois que ça aurait bien limité les dégâts dans ma tête. Une sorte d'exutoire rituel. Je crois, mais je n'en suis pas sûr. J'avais sans doute déjà franchi la barrière.

Toute cette laideur, Anne, qui m'empoisonnait le sang, jour après jour, et Grand-père et sa beauté qui s'enfuyaient, je ne voulais plus, je ne pouvais plus y penser.

Le monde est fait comme ça : il fabrique des monstres, pour ensuite leur jeter des pierres. Je me jetais des pierres à moi-même, et je ne le savais pas. Je croyais vraiment qu'en agissant ainsi je me renforçais. La haine peut représenter, à court terme, une formidable colonne vertébrale. Elle donne l'illusion de la force, alors qu'elle vous détruit, et détruit tout ce que vous touchez. Au fond de mes yeux, toujours, toujours présente, se dessinait comme une cible la figure grasse, surmontée du toupet blond, bouclé, de mon beau-père. Et je repartais pour une série de cent coups de genou dans le matelas, pour deux cents coups de coude, jusqu'à ce que la peau parte en lambeaux, que ça pisse le sang, mais je ne m'arrêtais pas. Le tissu gris s'imprégnait de rouge. Je visais les taches, tiens, dans le nez, dans l'oreille, dans l'œil, enculé.

Hier, vous m'avez dit qu'il faudra que je revoie ma mère, et je ne vous ai pas répondu. Vous m'avez dit que, si elle meurt avant que je l'aie revue, je n'aurais pas assez de toute ma vie à moi pour le regretter. Et puis vous m'avez dit que vous pourriez m'accompagner, si j'en avais envie. Ce sont des choses terribles dont vous me parlez là, Anne.

Encore quatorze jours avant votre prochaine visite. Ce sera bientôt Noël, n'est-ce pas ? Il y en a qui supportent mal, ici. Ceux qui ont des gosses, surtout.

À vous,

Aurélien.

9 décembre 2001

Anne,

J'ai un peu déchiré votre affiche, je suis furieux. J'ai réparé ça comme j'ai pu, avec du scotch.

Gabin, ce taré de maniaque, dit que vous seriez sûrement douée pour peindre des figurines. Je lui ai répondu que ça ne vous intéresserait pas, parce que vous êtes une grande fille, et que les Lego, les Playmobil, et les puzzles de Bambi, vous en avez fini. Il m'a engueulé, il paraît que je ne comprends rien. Il arrive qu'on rigole, tous les deux. Gabin, il est juste un peu bizarre, mais qui ne l'est pas, ou ne le devient pas, ici ? Sa moustache est glorieuse, elle a un petit côté gaulois.

À vous,

Aurélien.

10 décembre 2001

Anne,

Depuis bientôt un an que vous venez me voir, je me rends compte que nous n'avons toujours pas parlé de ce qui m'a valu ma peine, et que je ne vous l'ai pas encore écrit. Comme si, encore une fois, le simple fait de l'écrire, même si vous ne me lisez pas, devait vous faire fuir.

Je vous suis très reconnaissant de ne pas m'avoir questionné. Quand les gens rencontrent un prisonnier, la première chose dont ils se préoccupent d'ordinaire, c'est de savoir pourquoi on l'a enfermé. Mais je vous suis reconnaissant de tellement de choses que, si je commence à en dresser la liste, ça prendra des allures d'encyclopédie en douze volumes.

À vous,

Aurélien.

16 décembre 2001

Anne,

Depuis votre atelier, est-ce que vous voyez ce soleil magnifique ? Qu'est-ce que vous êtes en train de peindre ? Je voudrais me trouver là-bas avec vous, vous regarder travailler.

À vous,

Aurélien.

18 décembre 2001

Anne,

Dans trois jours vous êtes là. J'essaie d'imaginer comment vous serez habillée. Votre pantalon en lin kaki, et cette veste irlandaise en coton écru ? Ou alors la robe grise, qui vous donne cet air sérieux ?

Je souris tout seul, comme un abruti, dans la cellule, parce que, si on m'avait dit qu'un jour je m'intéresserais d'aussi près à une garde-robe féminine...

Hier, j'ai rêvé des barres rocheuses que j'ai dû désescalader, le jour de la mort de Grand-père. Je me souviens maintenant que j'ai fait ce rêve très souvent, au cours des mois qui ont suivi l'accident : je suis au milieu d'une dalle lisse, cramponné à une faille minuscule, je n'ai plus de prise, ni au-dessus, ni en dessous, je suis là, comme un crucifié, et j'attends. Le cerveau est un étrange instrument. Pourquoi est-ce que j'ai rêvé de ça, à nouveau ? Je crois que j'ai compris : parce que le jour de ma sortie approche, et que je me sens, dans ma tête, à peu près dans le même état que sur ces maudits rochers.

À vous,

Aurélien.

21 décembre 2001

Anne,

Vous venez à peine de partir et vous me manquez déjà tellement. Vous avez à nouveau parlé de ce que nous ferons quand je serai sorti, dans un mois. Un mois seulement. Je freine des quatre fers, je voudrais ralentir les secondes, comme si je n'avais pas eu assez de temps pour me préparer au monde, mais du temps, je n'en aurai jamais suffisamment pour ça. C'est même l'inverse : plus je reste ici, plus il sera dur de me confronter à ceux du dehors. Gabin, qui a un côté madré sous son apparence d'andouille, le sait bien, et il joue avec ça, pas directement parce qu'il n'est pas fou, mais il fait des allusions à toute cette foule, là-dehors, ce genre de truc.

Ce n'est pas le mauvais gars, c'est juste que lui, sa peine, il ne fait que la commencer. Il est jaloux. Je peux le comprendre. En plus, il vous a vue, et ici, des visions pareilles, on peut dire que ça frappe les esprits. Il y a votre cadeau, aussi, cette médaille que je n'ai pu m'empêcher de lui montrer, et ça n'a pas été bien glorieux de ma part, parce que vous savez, non, je ne vous en ai pas parlé, eh bien sa femme ne lui rend plus visite, elle est partie vivre en Belgique. Et ses trois gamins, adultes, ils ne sont pas venus une seule fois. Il n'y a que son frère qui débarque de temps en temps, et encore, pas souvent. Et c'est pour l'engueuler, lui faire la leçon, il le traite par le mépris, Gabin revient bousillé en cellule. Quand je vois ça, je me dis que ce n'est pas toujours un mal d'être fils unique.

Vous savez, c'est dingue, l'effet que la prison peut avoir sur certains couples, sur certaines familles. À peine on est enfermé, que, bim, bam, boum, tout le monde se défile. Non seulement le mec se cogne aux murs, parce qu'au début, quand on n'est pas habitué, on croit qu'on va crever tout de suite, d'angoisse, d'incompréhension, non seulement le mec affronte cet univers si amical, mais en plus il est seul. Livré à lui-même.

Vous me dites que votre médaille porte bonheur ? Je vais en avoir besoin. Vous auriez dû m'en offrir cinq ou six : une guirlande autour du cou, ça suffirait peut-être ? Avec une ou deux pattes de lapin, un fer à cheval et une poignée de trèfles à quatre feuilles pour faire le compte. Je ricane, parce que je suis un pauvre con, mais je vous garantis que je ne vais pas la perdre, votre médaille. À force de la frotter pour la faire briller, je vais l'user.

Puisque vous êtes rentrée chez vous, que vous n'êtes plus là, en face de moi, eh bien pour l'instant, et pour moi seul, vous vous trouvez tout entière dans ce petit morceau de métal. Comme le génie dans la bouteille.

Et le prochain Noël, nous le passerons ensemble ?

Le réveillon, et puis le matin avec les cadeaux, dans la grande ferme familiale, hein ? C'est bien ce que vous m'avez dit ? Je n'ai pas osé vous questionner, mais est-ce que vous vous rendez compte, avec votre famille ? Parce que la perspective de rencontrer vos parents et vos frères et sœurs, et même les petits, vos neveux et nièces, tout ça, ça me flanque légèrement les jetons.

À vous,

Aurélien.

25 décembre 2001

Noël.

Joyeux Noël, Anne. Hier soir, j'essayais de vous imaginer avec toute votre smala, mais je n'y suis arrivé qu'en partie. Je ne sais pas comment vous vous comportez en famille. Vous m'avez dit une fois y être beaucoup plus fofolle qu'en face de moi, alors, bon, je vous évoque en train de faire la fofolle, et c'est bien.

Je garde des souvenirs effroyables des Noëls avec Patrick et ma mère. Pour tout dire, je n'en ai pas eu de vrais, de fêtes, de réveillons, de joies, après la mort de Grand-père. À partir de douze ans, ç'a été fini. Tant que j'ai été chez Patrick, ces fêtes me terrifiaient, parce qu'elles étaient l'occasion de nouvelles histoires, et que l'alcool précipitait la venue des hurlements et des coups. Et puis après, quand j'ai vécu seul, eh bien, les fêtes, ça me semblait du temps perdu, sur l'entraînement, sur les mille et une manières que j'avais trouvées de me durcir, de me rendre plus fort.

Mon dernier Noël avant la prison ? Je l'ai passé à faire des cartons sur des bouteilles vides, avec un fusil à pompe.

À vous,

Aurélien.

29 décembre 2001

Anne,

Cette nuit, j'ai fait une expérience curieuse : à force de penser à vous, je me suis efforcé de vous représenter en trois dimensions, de vous matérialiser le plus possible. Comme si j'avais une statue devant moi, et je tournais autour de vous en pensée, comme autour de la Vénus d'un musée. Mais vous étiez habillée.

À vous,

Aurélien.

1er janvier 2002

Anne,

Je ne vais pas vous faire le coup de la Bonne année, parce que ça m'énerve, ces vœux débiles ; les vœux, je les forme pour vous tous les jours, depuis que vous êtes venue ici, il y a un peu plus d'un an : Celui que votre peinture explose, qu'on s'arrache vos toiles. Mais pas besoin de vœu, là. Ça se fera. Celui que votre handicap – même si je le trouve si infime – ne vous occupe pas trop l'esprit. Celui que vous ayez un jour l'envie de m'en parler. Celui que vous ayez confiance en moi. Ça, c'est plus un vœu pour moi-même, n'est-ce pas ?

Encore un suicide, réussi, celui-là, à l'étage. Le gars s'est ouvert les veines, c'était un très jeune, je ne le connaissais pas. On dit qu'il se faisait violer par les deux autres mecs de sa cellule, depuis des mois. On n'a jamais essayé de me faire ça, et c'est heureux. Malheur aux faibles. Je ne vous parlerai pas de ces horreurs à la visite. Mais vous comprendriez bien la raison qui me pousse à continuer à m'entraîner comme un dément.

À seize ans, j'étais devenu assez dur et méchant pour m'opposer à Patrick, et un jour qu'il s'essayait à une beigne de plus, je l'ai mis K.O., d'un coup de genou dans le foie. Je me suis assis sur mon lit, j'ai attendu. Je me disais que, quand il serait en état, s'il revenait me frapper, je le tuerais. Ça peut vous paraître horrible, mais vous savez, Anne, dans des situations pareilles, et quand on n'est pas encore cuit, c'est-à-dire pas encore un adulte, on ne raisonne pas normalement. Ma mère est entrée dans ma chambre, elle m'a supplié de partir, et supplié encore, et je lui disais :

Non, maman, cette fois, il entre dans cette pièce, je le tue.

J'avais même dévissé un barreau métallique de mon lit, pour être sûr de ne pas louper mon coup, pour le descendre une bonne fois. Mais ma mère me suppliait toujours, et j'en avais mal au cœur, et j'ai dit, d'accord, mais tu viens avec moi, et elle m'a répondu, je ne peux plus, et je savais qu'elle avait raison. C'est une chose effroyable à dire, c'est le plus difficile à comprendre dans ce genre de situation, mais elle avait besoin de Patrick, parce qu'elle était allée si loin dans la soumission et l'abandon d'elle-même, mais en fait, Anne, je ne sais pas, je ne sais toujours pas ce qu'il aurait fallu que je fasse, l'emmener avec moi c'était impossible, je savais qu'elle serait revenue vers son bourreau parce qu'il n'y avait plus d'autre vie pour elle, dans sa tête en tout cas.

Si, si, en fait, je sais, je vous l'ai déjà écrit, j'aurais dû aller chez les flics, ou prévenir un organisme pour les femmes battues, mais ce n'était pas clair dans mon crâne, j'avais l'esprit dérangé, et puis ma mère m'avait démontré si peu d'affection, si peu de douceur, que peut-être que ça a joué un rôle dans cette façon que j'ai eue de l'abandonner, parce que c'est ce que j'ai fait, en définitive.

Je suis parti, et après c'est très compliqué, parce que j'ai été chez des parents éloignés, qui m'ont balancé tout de suite parce que je me conduisais comme un barbare, et puis on m'a mis dans des foyers, dont j'ai été jeté aussi, et enfin dans d'autres foyers, jusqu'à ce que je commence à gagner ma vie, et qu'adulte, je trouve un studio ; je vous passe les embrouilles administratives de ces années-là, les tests psychologiques qu'on s'efforçait de me faire passer et que je rejetais en grognant, l'hébétude, dans ces couloirs gris où j'attendais des heures qu'on me désigne l'endroit où l'on me ferait vivre, et tous ces gamins, comme moi, qui patientaient, avec des gueules qui faisaient peur, pas peur parce que violentes, je n'avais pas peur de ça, bien au contraire, peur parce que déjà désertées par la vie. À treize ans, à douze ans, à seize ans, à dix ans. Les petits morts-vivants, hors du monde, déjà. Seuls dans leur tête. Où est-ce qu'ils sont, tous, maintenant ? On n'a pas idée de ce qui se passe, là, juste à côté des gens normaux, de leurs vies normales. Il y a des lieux, des situations, des têtes de gosses, on se croirait au dix-neuvième siècle.

Pendant six ans, je n'ai vu ni Patrick, ni ma mère. Pendant six ans, je me suis entraîné à frapper, et j'ai mangé, jusqu'à l'écœurement, tout ce qui me passait par l'assiette, pour prendre du muscle, et j'ai soulevé des tonnes et des tonnes de fonte, vingt kilos de masse accumulée sur mon corps, en six ans. Les poids n'étaient jamais assez lourds, je n'étais jamais assez fort, les yeux me sortaient de la tête tandis que les disques métalliques claquaient sur le sol, ou que j'enchaînais les séries de pompes.

J'ai fait tout un tas de petits boulots bien merdiques, évidemment j'étais complètement coulé pour l'école, c'était normal. Je gagnais des clopinettes, mais je n'avais pas besoin de grand-chose, un vrai chameau, pour la sobriété, puisque ma vie, c'était une piaule à deux balles, un matelas par terre, un réchaud pour la bouffe, et l'entraînement. L'entraînement.

Dans la salle où je levais de la fonte, on cherchait des gars pour la sécurité, des portiers, des gardiens de chantier, ce genre de chose. C'est comme ça que je suis entré dans ce monde. Un univers tout à fait spécial, un sacré concentré de cinoques, d'allumés en tout genre. Un milieu où beaucoup de types sont aussi excités par l'idée de se battre que par celle de sortir avec une fille.

Ils ne sont pas tous comme ça, mais, Anne, je vous le dis, il y a un paquet d'allumés du cigare, là-dedans. Allez savoir pourquoi, les plus fous sont souvent les maîtres-chiens. J'ai travaillé à leurs côtés plusieurs années, et ils remportent haut la main la palme de la dinguerie. Il y en avait un, il s'appelait Hubert, un alcoolique fou furieux, qui avait piqué son chien aux anabolisants pour lui faire prendre de la masse musculaire. Le clébard, un malinois, était devenu énorme. Une espèce de poney culturiste et carnivore. Hubert avait aussi piqué son chat, pour voir. Un tigre de vingt kilos, difforme, monstrueux, ça avait donné. Je n'ose pas imaginer ce qui se serait passé s'il avait eu un poisson rouge, ou un hamster.

Hubert lâchait son malinois sur tout ce qui bougeait, jusqu'à ce que, bien sûr, un pauvre gars qui travaillait à l'entretien, la nuit, dans une des tentes du Salon des outils ménagers de la porte de Versailles, se soit fait bouffer par le monstre. Arracher un bras. Hubert a pris une peine avec sursis, et une grosse amende, mais il n'a pas fait un jour de prison. Peut-être qu'il est encore là, dehors, avec son cerveau malade, rongé par l'alcool, et ses animaux de foire.

C'est à la pleine lune, surtout, aux premières heures du petit matin, que les démons se déchaînent, dans la grande ville. Et quand on bosse là-dedans, on est au cœur de la chaudière.

Je n'aimais pas mon métier, et j'y étais mauvais, car beaucoup trop nerveux. La moindre douleur physique, le moindre coup, même léger, infligé par un client récalcitrant à l'entrée d'une boîte, me rendait enragé. On m'a vite interdit les endroits sélects, et je me suis retrouvé à faire les portes des night-clubs sordides et dangereux, où l'on ne voulait pas de quelqu'un qui temporise, mais qui fasse peur.

Même quand nous n'étions pas au travail, nous parlions baston, on aurait dit qu'il n'y avait plus que ça, que le monde se résumait à une gigantesque confrontation, à un désordre haineux dont il fallait se sortir en distribuant des coups au hasard. Le seul prestige était celui de rester debout. Peu importe à quel prix. Machin expliquait qu'il avait fait trois K.O. dans la semaine avec son crochet du gauche, l'autre racontait qu'il avait cassé une jambe avec un low kick bien placé… Il y avait bien quelques mecs qui avaient l'air placide, mais en cherchant un peu, on leur trouvait toujours un pet' au casque. Il me semble qu'il est impossible de côtoyer l'ultraviolence durant des années sans en subir quelque transformation maligne. Et ces transformations, je pense qu'il n'est pas utile de vous dire qu'elles ne vont pas dans le bon sens.

Il y avait les armes, aussi, un culte dans cet univers. Poing américain pour le corps à corps, matraque, batte de base-ball et nunchaku pour prendre de la distance, et couteaux, toutes sortes de lames, des coupe-coupe jusqu'aux pointes triangulaires, petites et vicieuses. Armes utilisées, armes subtilisées aux tarés qu'on affrontait, armes collectionnées, qui traînaient partout. Gom' cogn', pistolets à grenaille, fusils à pompe, fusils de chasse à canons sciés, carabines .22 trafiquées pour tirer en rafales, la liste est trop longue, de cet attirail jamais complet. Les outils de la peur.

Un type avec lequel j'ai fait une porte pendant trois jours portait sous son pantalon des protège-tibias de hockey, sur lesquels il avait fixé, au ruban adhésif, deux longues règles métalliques à section carrée. Avec ça, il me l'avait montré fièrement, il pouvait ébrécher des bornes en béton, en frappant du tibia, et sans se faire mal. Il en bavait, de pouvoir se servir de son petit dispositif, mais manque de chance, pas d'embrouille à la porte. Et puis, le dernier jour, il m'a dit qu'en rentrant chez lui la veille, il avait trouvé un clochard qui pissait dans la cage d'escalier de son immeuble. Il l'avait à moitié tué.

Un autre mec, qui bossait avec nous, un bon petit père de famille, avec sa bouille et sa voix lénifiante, a planté un type qui avait adressé la parole à sa femme, dans la rue. Il l'a égorgé avec le couteau de chasse luxueux qu'on lui avait offert deux heures plus tôt, pour son anniversaire.

Morts, yeux crevés, nuques brisées, sang, gars qui se chient ou se pissent dessus, de peur ou de douleur, sans arrêt, sans répit, et l'un de nos collègues qui s'est fait allumer au 12 de chasse par des mecs qui passaient en voiture, ils étaient plusieurs, ils ont tous vidé le magasin de leur arme, et le collègue, avec ses centaines de chevrotines dans le corps, qui n'avait plus forme humaine. Une éponge sanglante.

Et toutes ces familles ravagées, cette douleur, cette souffrance morale qui se répandait alentour en larges ondes concentriques, comme après qu'on a lancé un caillou dans l'eau.

Le prix du sang.

Je rentrais chez moi, gorgé de haine, de tension électrique, vibrante, qui me faisait sursauter sur mon matelas comme un poisson sur une berge, j'étais épuisé mais je gardais les yeux écarquillés dans le noir, halluciné, empoisonné par le crapaud.

J'aurais pu partir, retourner à la montagne, à la nature, à la paix, mais je n'y pensais même pas. Ce n'était plus mon univers, j'étais chassé du paradis. Grand-père n'était plus là pour m'ouvrir les bras.

Et puis, je ne sais pas pourquoi, à vingt-trois ans, après des années de silence, j'ai décidé d'aller voir Patrick et ma mère. Je vous jure, Anne, que je n'avais aucune idée préconçue, aucun projet. Je me suis juste dit, comme ça, va voir ce qui se passe là-bas. Un soir que je n'étais pas au boulot, j'ai acheté un bouquet pour ma mère, c'étaient des iris bleus, et voilà, je me suis garé devant l'immeuble, je suis monté, j'ai sonné, et ma mère a ouvert la porte, et elle avait le nez de travers, et un gros hématome sur le front. Ses yeux étaient flous. Je lui ai donné le bouquet, je suis allé dans le salon, où Patrick était vautré devant la télé, je lui ai dit de se lever, il m'a dit non, avec ses joues tremblotantes de graisse, et son regard arrogant, alors je lui ai donné un coup de pied en pleine tempe, je lui ai sauté dessus, et j'ai commencé à le frapper au visage, gauche-droite, gauche-droite, gauche-droite, jusqu'à ce que j'entende le hurlement de ma mère, et quand je me suis arrêté, j'ai tout de suite vu qu'il était mort.

Je suis allé téléphoner aux flics.

Peut-être qu'on aurait pu qualifier ça en coups et blessures ayant entraîné la mort sans intention de la donner, mais en fait, c'est ma mère qui m'a enfoncé.

Elle a dit que je voulais tuer Patrick. Que j'étais venu pour ça. Et puis j'étais dans un tel état de rage que j'ai tout fait pour me pourrir un peu plus, devant les flics, devant le juge, pendant mon temps de préventive, et puis après, au procès. Alors je suis tombé pour homicide volontaire.

Je crois que je ne voulais pas le tuer. Je voulais qu'il laisse ma mère tranquille. Pas que ça, bien sûr. Je voulais aussi effacer les peurs abjectes qu'il avait provoquées en moi, des années durant. Mais à aucun moment ce soir-là, je ne me suis dit, je vais le tuer.

J'ai fait une très grave erreur, parce que je pense que rien sur cette Terre ne justifie de donner la mort, même au pire des bâtards ; il y avait mille autres façons d'en finir avec Patrick. Et même si je considère que cet homme était une ordure, un de ces mecs mauvais dont on dirait qu'ils sont nés pour amocher la vie des autres, qu'est-ce que j'ai gagné à le tuer ? Une mort sur la conscience, quatorze ans de prison, sans même savoir ce que ma mère est devenue.

Et puis, au procès, j'ai vu les parents de Patrick, que je n'avais jamais rencontrés, et je ne sais pas, ils avaient l'air de braves gens, et ils étaient dans un tel état de chagrin, complètement effondrés, ils ne m'en voulaient même pas, on aurait dit, ils pleuraient juste leur fils. Sur le moment, je m'en foutais, mais c'est plus tard, ici, en cellule, deux ou trois ans après, que j'ai commencé à y penser, à me dire que j'avais détruit d'autres vies que celle de Patrick, que la mort d'un être induisait la souffrance de beaucoup d'autres.

Je ne sais pas exactement au bout de combien de temps j'ai commencé à changer, et je ne sais pas à quoi c'est dû. Parce que la prison n'est pas un endroit idéal pour philosopher. On n'y est pas tranquille, jamais. On y dort mal, on y prend des habitudes catastrophiques, on y pense de travers.

Malgré ça j'ai réfléchi, je me suis posé des questions sur le sens de l'existence, parce que je me voyais sombrer. Et il y a cinq ans, ou six, je ne sais plus, j'ai commencé à lire des bouquins, à haute dose, et il y a eu ce moment, je vous l'ai écrit l'année dernière, je crois, où je suis tombé sur les images de Botticelli juste après que j'avais vu cette baston sanglante dans les douches, et je sais, ça peut paraître con, mais j'ai appris énormément avec ces artistes. Chacun d'entre nous a des peintures, des musiques, des livres, pour l'aider à découvrir la beauté du monde. Même si on est enfermé derrière des barreaux. Il faut chercher.

Vous êtes arrivée, enfin, et ça, ça a confirmé que je ne me trompais pas, que j'avais raison de me mettre à penser de cette façon.

À vous,

Aurélien.

5 janvier 2002

Votre dernière visite, tout à l'heure.

J'ai beau savoir que vous viendrez me chercher le 19, ça m'a fait un coup, quand vous m'avez dit ça : C'est ma dernière visite, Aurélien. Mon cœur a fait un bond, avant que je comprenne.

J'ai cru une seconde que vous me laissiez tomber.

À vous,

Aurélien.

9 janvier 2002

Anne,

Gabin n'est pas bien. Il est très inquiet à l'idée de mon remplaçant. Je peux comprendre ça. Savoir avec qui on va partager, des mois ou des années durant, un espace aussi réduit, ce n'est pas anodin. Les désagréments se déclinent à l'infini : un mec sale, qui empuantit la piaule. Un violent, ou un dingue, qui vous rend la vie impossible, qui vous empêche de dormir. Un déprimé, qui pleure sa race toute la journée, ça c'est pénible, parce que communicatif. Je pourrais vous en trouver vingt autres, dans le genre.

Je m'y étais attaché, à Gabin, avec ses figurines et sa moustache. Il aurait voulu me montrer son Empereur, fini, avec sa veste verte et la main dans le gilet, et le chapeau cher à nos amis les loufdingues, mais il dit qu'il ne le commence que dans quinze jours, son Napoléon, et il en aura pour une semaine de travail. Il m'a demandé de lui écrire. Ça, je le ferai, et je ne risque pas d'oublier. Il en a pour un bout de temps, six ans encore, peut-être moins s'il ne déconne pas comme je l'ai fait, mais ce n'est pas son genre. Des années, de toute façon. Il ne dit plus qu'il fera sa peine en rigolant. Il a compris. Et depuis quelque temps même, son frère ne vient plus. Il est absolument seul.

À vous,

Aurélien.

11 janvier 2002

Anne,

Je tourne en rond. J'ai fait des pompes jusqu'à plus soif, et des étirements, et des flexions sur jambes, et encore des étirements, et encore des pompes, rien à faire, je brûle sur place. J'ai peur de sortir, j'ai peur, aussi, qu'il arrive quelque chose, que je m'embrouille avec un mec et qu'on me garde, ou qu'il y ait une couille administrative au dernier moment. Je voudrais que vous soyez là.

À vous,

Aurélien.

17 janvier 2002

Anne,

Je suis tellement nerveux que je n'arrive pas à vous écrire, même si je n'ai envie que de ça. Un gardien m'a souhaité bonne chance, tout à l'heure. C'est bizarre, je n'ai jamais vraiment parlé avec ce type.

Je n'arrive pas à rester en place.

À vous,

Aurélien.

18 janvier 2002

Anne,

Je sors demain. C'est la dernière lettre que je vous écris, depuis cette cellule. J'ai pensé jeter ces cahiers, mais ce qui m'a retenu, c'est l'impression que toutes ces pages n'auront servi à rien si vous ne les lisez pas un jour. Pourtant, je ne me vois pas vous les donner. Bon, je les emporte avec moi, on verra bien. Je n'ai plus peur, c'est comme si j'étais déjà entré dans le match. Un autre combat, qui commence.

À vous,

Aurélien.

Jean-François Chabas

Jean-François Chabas est né en 1967 dans la région parisienne et a exercé de nombreux métiers avant de se consacrer entièrement à l'écriture. Il vit aujourd'hui au Pays basque. Ses livres ont, d'emblée, rencontré un grand succès.

Les secrets de Faith Green, notamment, a été très remarqué et a obtenu vingt et un prix, dont le Tam-Tam et le grand prix de la PEEP.

Jean-François Chabas a publié quatre romans pour le Livre de Poche Jeunesse : *Txontxongilo, Camille la Louve, Aurélien Malte* et *La guerre des plaines bleues.*

Si vous avez aimé ce livre, vous aimerez aussi dans la collection Le Livre de Poche Jeunesse :

Une guerre en Europe
Atelier Post-Scriptum
Les nouvelles de ce recueil ont toutes été écrites par des jeunes bosniaques âgés de 16 à 25 ans pendant la guerre et qui témoignent de leur vie à Sarajevo.
13 ans et +
N° 705

Samir et Jonathan
Daniela Carmi
Traduit de l'hébreu par Sylvie Cohen
Samir, un petit palestinien qui vient d'entrer dans un hôpital israélien où il doit se faire opérer, partage sa chambre avec quatre enfants israéliens de son âge. Dans ce monde clos, Samir va passer de la haine à la reconciliation.
12 ans et +
N° 777

Parvana, une enfance en Afghanistan
Deborah Ellis
Traduit de l'anglais (canadien) par Anne-Laure Brisac
Parce que son père a été fait prisonnier par les talibans, Parvana brave l'interdiction faite aux femmes de sortir dans les rues de Kaboul sans être accompagnées par un homme. Habillée en garçon, elle part travailler au marché afin de rapporter chaque jour de quoi nourrirr sa mère et ses sœurs. Mais le danger est grand qu'on l'identifie, et Parvana risque très gros...
11 ans et +
N° 779

Le dernier jour d'un condamné
Victor Hugo
S'élevant vigoureusement contre l'injustice sociale, Victor Hugo nous livre un plaidoyer magistral contre la peine de mort.
12 ans et +
N° 1159

Un élève de trop
Julia Jarman
Traduit de l'anglais par Josette Chicheportiche
Danny est d'emblée le souffre-douleur de ses nouveaux "camarades" de collège. Même son meilleur ami d'enfance semble le fuir comme les autres. Pourquoi cette haine farouche ? Un voyage en France sur les plages du débarquement va tourner au drame.
11 ans et +
N° 719

Le mal dans la peau
Brigitte Peskine
Arrêté pour recel de drogue, Richard est pris dans un engrenage qui le conduira jusqu'en prison. Récit à deux voix où se croisent l'adolescent et son éducatrice.
12 ans et +
N° 715

Les pierre du silence
Jacques Vénuleth
Miyasa ne parle plus mais se confie à son journal intime. Elle essaie de renouer avec le fil de sa vie, de comprendre le drame qui l'a brisé : être Palestinienne en Israël.
12 ans et +
N° 527
Prix du roman du Ministère de la Jeunesse et des Sports 1994

Composition JOUVE – 53100 Mayenne
N° 299969k
Imprimé en Italie par G. Canale & C.S.p.A.-Borgaro T.se (Turin)
Novembre 2004 - Dépôt éditeur n° 52289
32.10.1953.2/05 - ISBN : 2.01.321953.9
Loi n° 49-956 du 16 juillet 1949 sur les publications destinées à la jeunesse
Dépôt : novembre 2004